우리들의 히든 스토리

우리들의 히든 스토리

1판 1쇄 2024년 11월 11일

지은이 박지숙 **그린이** 이경석

펴낸이 모계영 **펴낸곳** 가치창조
출판등록 제406-2012-000041호
주소 경기도 고양시 일산동구 중앙로 1347 쌍용플래티넘 228호
전화 070-7733-3227 **팩스** 031-916-2375 **이메일** shwimbook@hanmail.net
ISBN 978-89-6301-396-1 73810

ⓒ 박지숙, 이경석 2024

단비어린이는 가치창조 출판그룹의 어린이책 전문 브랜드입니다.

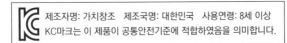

제조자명: 가치창조 제조국명: 대한민국 사용연령: 8세 이상
KC마크는 이 제품이 공통안전기준에 적합하였음을 의미합니다.

작가의 말

    저는 식물을 키우고 있답니다. 덕분에 새순이 자라는 모습을 가까이에서 지켜볼 수 있어요. 처음엔 아주 작은 연둣빛 새순이 돋아나죠. 마치 세상 구경을 나온 아이처럼 고개를 쭉 빼고요. 그때의 새순은 너무나 사랑스러워서 한참이나 바라보게 된답니다.

    봄날의 산이 아름다운 것도 바로 그런 여린 잎들 덕분이에요. 그 연둣빛 덕분에 산이 더욱 싱그럽게 보이니까요. 그런 산을 보고 있으면 마음이 저절로 환해진답니다. 이 세계에서 여러분이 바로 그런 존재입니다. 여러분이 있어 이 세계가 연둣빛으로 물들고, 어른들은 다음 세대에 대한 든든한 믿음과 희망을 품게 된답니다.

    이 책은 연둣빛 새순 같은 여러분의 탄생을 축하해 주는 이야기입니다. 이 책에는 안나, 한별이, 그리고 요섭이의 탄생에 숨겨진 비밀들이 담겨 있습니다. 아마 여러분의 탄생에도 숨겨진 이야기가 많이 있을 거예요. 이 이야기를 계기로 부모님과 함께 여러분의 탄생 비화를 나눠 보는 건 어떨까요?

안나처럼 왕족 같은 출생의 비밀을 꿈꾼다고요? 물론 그것도 재미있을 것 같아요. 하지만 여러분에게 꼭 전해 주고 싶은 것이 하나 있답니다. 여러분에게도 아주 특별한 출생의 비밀이 있다는 것을요. 여러분이 공주나 왕자가 아니더라도, 세상은 여러분의 탄생을 간절히 기다려 왔답니다. 여러분이 이 지구에 와서 세상이 푸르러졌다는 걸 꼭 기억하세요. 여러분이 태어나지 않았다면 이 세상은 지금보다 더 외롭고 슬펐을 거랍니다. 여러분은 이미 이곳에 단 하나뿐인 존재로 세상을 빛내고 있고 존재 자체만으로 큰 의미를 주고 있어요. 이처럼 강력한 출생의 비밀을 잊지 않았으면 합니다.

그리고 꼭 말해 주고 싶은 것이 있답니다.

"여러분, 태어나 줘서 정말 고마워요!"

이 책을 생일 케이크처럼 여러분에게 내밉니다. 읽는 동안, 케이크를 맛보는 그 순간처럼 달콤하고 행복한 시간이 되길 바라요!

차례

위대한 탄생-
나에게도 출생의 비밀이!

"고구려의 유리왕 말이야, 유리왕은 아버지가 없어서 어렸을 때 아빠 없다고 놀림당하고 컸을 거 아니야. 그런데 어느 날 엄마가 부러진 칼을 주면서 아버지를 찾아가라고 했잖아. 알고 봤더니 아버지가 고구려의 왕! 완전 부럽지 않냐? 하루아침에 왕족이 된 거잖아. 그런데 나한테도 그런 출생의 비밀이 있을 것 같단 말이지. 우크라이나 태생의 우리 엄마는 왕실의 권력 암투로 한국으로 보내졌고 아무것도 모르는 엄마는 아빠를 만난 거지. 왕국은 다시 안정을 찾고 대를 이을 후계자를 찾게 되는데, 그 왕실의 고귀한 혈통을 지닌 마지막 핏줄이 바

13

로 안나, 나란 거지!"

학교 교문 앞에서 학원 버스를 기다리며 안나는 한별이와 요섭이에게 말했지만 둘 다 반응이 없다.

"야, 이걸 빨리 눌러야지. 너 때문에 게임 졌잖아!"

"왜 내 탓이야!"

한별이와 요섭이는 서로 옥신각신했다. 둘의 무신경한 모습에 안나는 소리를 꽥 질렀다.

"내 말 듣고 있냐고!"

"듣고 있어. 듣고 있다고. 또 출생의 비밀 얘기잖아. 그래, 네가 공주 해. 왕 해도 되고. 대신 나만 좀 건들지 마!"

여전히 휴대폰에서 눈을 떼지 못한 채 한별이가 말했다.

"왜 국제전화 왔냐? 너에게 유산이 남겨졌다. 대신 유산을 보낼 택배비가 필요하니 백만 원을 보내라! 그런 거. 그런 전화는 절대 받으면 안 돼. 그거 다 피싱이야!"

요섭이도 휴대폰에 코를 박은 채 말했다.

"내가 너희랑 무슨 말을 하겠니?"

안나는 체념한 채 말했다.

"왜? 범죄 예방법 알려 줬는데."

"신경 쓰지 마, 쟤가 요즘 드라마랑 웹 소설에 빠져 살아서 그래."

한별이가 요섭이에게 말했다.

"두고 봐, 어느 날 왕실 문장이 새겨진 멋진 자동차가 내 앞에 나타나서 날 데려가는 날이 올 테니까."

안나는 멍하니 하늘을 보며 중얼거렸다.

"야, 학원 차 왔다. 얼른 뛰어."

한별이 차량 진입을 막기 위해 인도에 세워진 길 말뚝에서 일어나며 소리쳤다.

기다리던 벤츠는 오지 않고 안나 앞으로 노란색 수학 학원 차가 도착했다. 안나는 한숨을 폭 내쉬었다.

"뭐해? 빨리 일어나!"

요섭이 안나가 내려놓은 가방을 들어 주며 소리쳤다.

그제야 안나는 터덜거리며 요섭의 뒤를 따랐다.

끼이익

1등수학학원

안나 이야기

"엄마, 나 운동 좀 하고 올게!"

나는 현관문 앞에서 큰 소리로 말했다.

"운동 조금만 해. 살 빠져! 지금이 딱 좋다고!"

내 등 뒤에서 엄마가 소리쳤다.

뭘 모르는 소리다. 지금도 우리 반에서 키가 제일 큰데 여기에 살까지 붙으면, 다시 코끼리란 별명을 갖게 될 거다. 얼굴은 작은데 몸은 커서 붙은 별명이었다. 죽을힘을 다해 뺀 살이었다. 엄마는 그새 그걸 잊고 저렇게 속 편한 소리를 한다.

엘리베이터가 3층에서 멈췄다.

야구 모자 사이로 희끗희끗한 흰머리가 보이는 아저씨가 탔다. 같은 라인의 주민은 거의 다 아는데 얼굴이 낯설다.

'이사를 왔나?'

처음 보는 아저씨도 나를 빤히 쳐다보았다. 나도 아저씨를 봤다. 우리는 눈이 마주쳤다.

"굿 에프터눈(Good afternoon)!"

아저씨가 나와 눈이 마주치자 조금 어색한 미소를 지으며 인사했다.

"굿 에프터눈(Good afternoon)!"

나 역시 아저씨에게 인사했다.

아저씨가 환하게 웃었다.

나도 빙긋 웃어 주었다.

"웨어 아 유 프럼(Where are you from)?"

아저씨가 정직한 발음으로 나를 빤히 보며 물었다. 너무 교과서적인 질문이라 나는 이번에도 쉽게 대답할 수 있었다.

"아임 프럼 코리아(I'm from Korea)!"

나는 천천히 그리고 정확하게 발음해 주었다.

"아, 한국에서 왔구나, 어, 한국? 너 한국 사람이라고?"

아저씨가 당황해서 내 얼굴을 다시 쳐다봤다.

"저 이 동네 토박이에요."

나는 아저씨에게 원어민 발음의 한국어로 대꾸해 주고 엘리베이터가 1층에 멈추자마자 곧장 학교 운동장 쪽으로 달렸다.

나는 한국에서 태어났고 당연히 국적도 한국이다. 하지만 내 얼굴을 보고 나를 한 번에 한국인이라고 봐주는 사람은 거의 없다. 한국인하면 대다수는 전형적인 한국인 얼굴을 떠올릴 텐데 나는 그런 얼굴과 거리가 멀기 때문이다. 나는 흰 얼굴에, 갈색 눈동자 그리고 밝은 빛의 갈색 머리를 지녔다. 나는 우크라이나 엄마와 한국인 아빠 사이에 태어났는데 엄마의 유전인자를 더 많이 물려받았기 때문이다. 그래서 사람들은 나만 보면 "미국 사람이야?"라고 묻거나 영어로 어느 나라에서 왔냐며 말을 걸곤 한다. 그때마다 내 외모에 대한 설명을 해 줘야 한다. 난 한국 사람인데 엄마가 우크라이나 사람이라서 그렇다고. 그래서 날 외국인 취급하는 사람을 만날 때면 갈등이 생긴다. 아주 서툰 한국어로 "나는 외쿡에서 왔다. 한국

조아!"하고 외국인 코스프레를 하는 것이 좋을지 아니면 그들의 기대와 다르게 유창한 한국어로 너랑 같은 한국인이라고 말하며 그들의 기대를 꺾어 버리는 것이 좋을지 말이다.

내가 속상해서 친구들에게 이런 고민을 털어놓으면 친구들은 그런 말은 한 귀로 듣고 한 귀로 흘려보내라고 말한다. 하지만 그게 어떻게 쉬울 수 있을까? 나처럼 시장에서나 지하철 혹은 마트에서 이런 질문을 수시로 받는 사람들에게 그 말은 너무 성의 없는 답변이다. 그들은 그런 질문을 평생 한 번도 받을 필요가 없는 사람들이니까. 하지만 나에겐 굉장한 스트레스다.

"너는 어느 나라에서 왔니?"

이 말을 나는 늙어 죽을 때까지 듣게 될지도 모른다. 그때마다 나는 좌절할 것 같다. 나는 휴대폰 볼륨을 높였다. 나의 스타, 제트의 노래다. 빠른 비트가 내 몸에 스며들었다. 나는 트랙 위를 달리기 시작했다.

오늘은 3월 2일. 언제나 새 학기가 시작되는 날이다. 동시에 가장 두려운 날이기도 하다. 다시 오 학년 때로 내려가고 싶은 심정이다. 엄마는 토스트와 오렌지 주스 한 잔을 식탁에 차려 주었다. 나는 포크로 토스트를 건드리는 시늉만 했다. 엄마가 가장 싫어하는 표정으로 말이다. 이상하게 꼭 새 학기 시작하는 날만 되면 가슴이 쿵쿵 뛰고 긴장이 되었다. 이번엔 증상이 더 심각해졌다. 절친인 나영이와 서연이 둘 다 육 반으로 배정되었기 때문이다. 나만 일 반이 되었다. 일 반과 육 반은 층마저 달라 쉬는 시간에도 보기 힘들다. 나는 다시 외톨이가 될까 봐 불안했다. 새 친구는 또 어떻게 사귀어야 하나 걱정도 되었다.

"안나, 무슨 일 있어?"

나는 엄마를 바라보지도 않고 대꾸도 하지 않았다.

"무슨 걱정되는 거 있냐고?"

엄마는 되물었다.

"아니, 없어."

나도 모르게 목소리가 퉁명스럽게 나왔다.

"얼굴에 근심 걱정이 다 쓰여 있는걸. 안나, 너무 걱정하지 마, 두려움은 언제나 우리가 상상했던 것보다 작아. 부딪혀 보면 알잖아. 다 잘 될 거야.”

　엄마는 이제 능숙하게 한국어를 구사하지만 여전히 발음과
억양에는 외국인 특유의 부자연스러움이 있다.

　“엄마는 아무것도 모르면서 맨날 다 잘된다고 그래.”

　나는 신경질적으로 엄마에게 톡 쏘아붙였다.

　“엄마가 뭘 모르는데?”

　“몰라, 말하기 싫어.”

　언제부턴가 나는 엄마와 대화할 때 짜증을 낸다. 자꾸만 엄
마를 보면 화가 난다. 왜 그런지 나도 잘 모르겠다. 엄마가 물
어도 “몰라!”라고 짜증스럽게 말하거나 짧게 대답하고 정작
엄마가 가장 궁금해하는 답은 해 주지 않는다. 방에 들어갈 땐
늘 문을 잠갔다. 엄마가 노크해도 안 열어 줬다.

　내가 이렇게 해서는 안 된다는 것도 안다. 하지만 그게 잘 안
된다. 오늘 같은 새 학기가 시작되는 날은 특히나 더 그렇다.
내가 이렇게 새 학기 첫날마다 긴장되어 화장실을 들락거리고
초예민한 상태가 되는 건 다 엄마 때문이니까. 엄마만 한국인
이었다면 내가 이런 일을 겪지 않았을 텐데. 그래서 그냥 엄마

에게 꽁하게 별일 아닌 일에도 가시가 박힌 말로 자꾸 상처 주려고 한다. 엄마가 차라리 중국인이나 일본인이었다면 좋았을 걸 하고 상상해 본 적도 있다. 최소한 겉모습으로만은 티 나지 않을 테니까 말이다.

나는 화장실에서 이를 닦으며 거울에 비친 내 얼굴을 이리저리 뜯어보았다. 한국인과는 다른 연한 갈색 눈과 염색한 것처럼 노란빛이 도는 밝은 갈색 머리가 몇 번을 봐도 마음에 안 든다. 가끔 학교 대강당에서 행사라도 하는 날에는 새까만 머리들 속에서 내 머리카락만이 유독 눈에 띌까 봐 걱정되었다. 나만 남다르게 생겼다는 건 성가신 일이었다. 엄마에게 몇 번이나 염색 얘기를 했는데 엄마는 듣는 시늉도 안 했다. 엄마는 내 고통에 관심도 없다. 나는 이를 닦다 주근깨 수를 세 보았다. 어제보다 한 개가 더 늘어나 열 개가 되었다. 이러다가 나중에 온통 주근깨투성이가 될까 걱정이다. 친구들은 주근깨가 별로 없는데 왜 나만 이렇게 생기는지 모르겠다. 갈수록 한국인 얼굴과 멀어지고 있어 짜증이 난다. 이게 다 엄마 때문이다.

교실에 육 학년 새 담임선생님이 들어왔다.

'와, 젊고 예쁜 선생님이다!'

담임선생님은 우리 학교가 첫 발령지라고 했다. 다른 선생님들보다 훨씬 젊어 보였다. 알고 보니 나이도 스물일곱 살밖에 되지 않았다. 우리 학교에서 제일 젊은 선생님이다. 밝은 표정도 마음에 들었다. 구불구불 굵게 웨이브진 긴 머리도 멋져 보였다. 선생님의 밝은 표정과 활기찬 모습을 보니 깡통처럼 쭈그려졌던 내 마음이 조금씩 펴지는 것 같았다. 느낌이 좋다. 이번 학년은 잘 풀릴 것 같은 예감이 들었다.

수업도 굉장히 재미있게 해 주셨다. 걱정했던 첫날치고는 괜찮았다. 수업이 끝난 후 나는 선생님을 가까이에서 보려고 앞으로 나갔다. 다른 친구들도 선생님 곁에 모였다. 나와 선생님의 눈이 마주쳤다. 나는 빙긋 웃어 주었다.

"처음 볼 때부터 넌 눈에 띄더라. 우리 반에 다문화는 너 한 명이라고 알고 있어."

선생님도 환한 미소를 지으며 나를 알은체했다. 선생님은 그렇게 말하고 다른 친구들과 이야기를 나누었다. 나는 뒤를 돌아 내 자리로 돌아왔다. 갑자기 얼굴이 화끈거렸다. 내가 가장 싫어하는 말이 다문화다. 한동안 그 말이 늘 내 이름을 대신했었다. 나도 모르게 짜증이 났다. 좋은 선생님이라고 잔뜩 기대했던 내 자신도 한심해 보였다.

'좋은 예감은 무슨!'

학교 밖을 나오는데 나영이와 서연이가 다른 친구들에 둘러싸여 함께 교문을 나서고 있었다. 둘은 뭐가 그리 신났는지 새로 사귄 친구들의 이름을 큰소리로 부르며 "하하 호호" 웃으며 걷고 있었다. 어떻게 저렇게 빨리 친구들을 잘 사귈 수 있지? 왠지 끼어들기 힘든 분위기였다. 예전의 일들이 다시 기억났다. 아이들은 학년이 올라가면 새로운 친구들과 어울렸다. 그러다 나를 잊었다. 간혹 연락이 오기도 하지만 새 친구들과 더 많이 놀았다. 그게 어쩌면 자연스러울 수 있지만 나처럼 친구를 잘 사귀지 못하는 사람에겐 고통이다. 이제 다시 같은 일이 반복되는 것 같다. 나는 얼어붙은 듯 그 자리에서 가만 서 있을 수밖에 없었다. 다시 혼자가 될 것 같았다. 나는 멍하니 교문을 나서는 친구들의 뒷모습만 바라봤다.

집으로 돌아오자마자 나는 내 방문을 잠갔다.

카페 앱에 알람이 들어와 있었다. 바로 제트의 팬 카페에 접속했다. 요즘 나는 그곳에서 유명인이다. 얼마 전, 제트의 생일날에 내 손으로 제트의 생일상을 차리고 파티를 열었다. 제트를 위한 나만의 이벤트였다. 제트의 등신대를 내 방에 세워 두고 생일 케이크에 초를 켜서 생일 축하 노래도 불러 주고 제트의 노래를 틀어 춤도 따라 추면서 제트 생일을 기념했다. 그날 내 방에는 제트의 브로마이드와 제트의 얼굴이 그려진 풍선으로 가득했다. 그 과정을 동영상으로 만들어서 팬 카페에 올렸는데 카페 회원들의 반응이 폭발적이었다. 수백 개의 댓글이 달렸다. 그런 환호와 칭찬을 처음 받아 봐서 기분이 얼떨떨했다. 그래서 나는 가끔 기분이 우울해질 때 제트 팬 카페에 들어와 내 글에 달린 댓글들을 읽으며 위로를 받았다. 아마도 이번에도 그 게시 글에 대한 댓글이 달린 모양이다.

"여기 외국인도 접속 가능한 거야? 뭐냐, 닉네임 보소. '미래의 제트 마누라?' 헐, 초딩의 패기가 장난 아니네. 하지만 어쩌나, 넌

미래의 제트 마누라

애국자
여기 외국인도 접속 가능한 거야?

제트37호

제트 마누라?

전능하신 제트
헐, 초딩의 패기가 장난 아니네. 하지만 어쩌나,
넌 미래 제트 마누라가 절대 될 수 없음. 제트가
예능에 나와서 결혼은 꼭 한국인이랑 할 거라고
했거든.

미래 제트 마누라가 절대 될 수 없음. 제트가 예능에 나와서 결혼은 꼭 한국인이랑 할 거라고 했거든."

나는 댓글을 보자마자 벌떡 일어났다.

"나 한국인 맞거든!"

기대에 부풀어 있던 내 마음은 삐딱한 비난 댓글 하나에 금방 화산처럼 폭발해 버렸다. 온라인에서는 얼굴도 안 보이고 목소리도 들리지 않는데 댓글을 보면 이상하게도 어떤 짜증스러운 얼굴이나 비꼬는 듯한 목소리가 저절로 재생되어 생생하게 전해졌다. 문장들이 모두 화살처럼 들고 일어나 내 가슴에 꽂히는 것 같았다. 비록 다른 회원들이 나서서 내게 악플을 단 사람을 비난하고 그를 대신해 나를 위로해 주었지만 속상한 마음이 가시지 않았다.

나를 향한 악플이 온라인에만 있는 건 아니었다. 예전에 가족과 함께 외출하러 나갔을 때였다. 우리 뒤통수에 대고 동네 할아버지가 혼잣말처럼 "에구, 망조다, 망조야. 저것들이 단일 민족 피를 다 흐려 놓네."라며 쯧쯧거리는 소리를 들은 적이 있다. 댓글을 보자 그 할아버지의 음성도 바로 재생되었다. 내가 마치 물을 흐려 놓는 미꾸라지라도 된 기분이다. 팬 카페도, 우리나라 단일 민족 혈통에도. 나는 카페를 바로 나와 버렸다.

뒤죽박죽 정리가 안 된 내 책상처럼 내 마음도 온갖 두려움과 불안 그리고 분노가 뒤섞여 어떤 감정이 내 진짜 감정인지 알아차릴 수가 없었다. 안 좋은 일이 생기면 안 좋았던 기억들이 줄줄이 따라 생각났다. 학교에서 선생님이 내게 다문화라 부른 말도 기억났다. 내 이름은 다문화가 아니다. 다문화라는 말 자체도 싫다. 한국 사람이면 그냥 한국 사람이지 왜 굳이 한국 사람과 다문화 한국인으로 구분하는지 모르겠다. 그 말을 들을 때마다 누군가가 나를 젓가락으로 콩을 집어 들 듯이 나를 한국인과는 다른 그룹으로 옮겨 놓는 것 같기 때문이다. 내가 학기 초를 두려워하는 것도 그 때문이다. 나를 모르는 친구들에게 내가 한국인이라는 걸 자꾸만 증명해 보여야 하니까 말이다. 또 그 시간을 무사히 지내야 친구를 사귈 수 있기 때문이다.

나는 머리가 복잡해져서 내가 좋아하는 웹 소설을 찾아 읽었다. 구박받던 소녀가 온갖 역경을 겪어 낸 끝에, 사실 자신이 고귀한 왕족 혈통임을 알게 되고, 나중에는 왕실의 계승자가 되는 이야기다. 나는 눈을 감고 멋진 왕실을 그려 보았다. 그리고 나를 환호와 멋진 미소로 맞이해 줄 사람들을 상상했다.

　그때 카톡이 울렸다.

　"에이, 뭐야, 행복한 상상 중이었는데!"

　나는 던져둔 휴대폰을 봤다.

　한별이었다.

　"너 숙제했냐? 자기소개 뭐라고 썼어? 썼으면 팁 좀 알려 줘."

　"자기소개?"

　"너 몰랐어? 내일까지 써 가야 하잖아. 담임 샘이 엄청 강조했는데."

　"그게 내일까지였어?"

　"헐, 넌 나보다 더하구나. 잘 자라!"

　나는 후다닥 일어나 책상에 앉았다.

하지만 어떻게 나를 소개해야 할지 모르겠다. 나는 또 엄마가 우크라이나 사람이고 아빠는 한국인이라는 말을 써야 한다. 이런 건 정말 너무 짜증 난다. 학교 다니는 내내 나는 이걸 매번 말해야 하니까 말이다. 우크라이나라는 말이 나오면 다음에는 선생님이 놀라는 표정으로 "그럼 너 우크라이나 언어 잘 알겠네. 우크라이나 언어로 '안녕하세요?'가 뭐야?"라고 자동으로 묻게 되어 있다. 나는 그 자리에 서서 우물쭈물하면서 우크라이나 언어를 잘하지 못한다고 고백해야 한다. 그럼 애들은 어떻게 모를 수 있냐고 의아해한다. 엄마가 외국인이라고 다 이중언어를 잘 할 수 있는 게 아닌데도 말이다.

글이 잘 써지지 않았다. 몇 줄을 썼다가 지우고 다시 썼다가 또 지우기를 반복했다. 갑자기 짜증이 나기 시작했다.

그때 엄마가 내 방문을 노크하고 들어왔다.

"안나, 이거 먹으면서 공부해."

나는 엄마가 가져온 과일은 쳐다보지도 않고 "안 먹어!"라고 낮게 말했다.

"지금 뭐 하는데? 급한 거야?"

"숙제해."

"근데 표정은 왜 그래? 숙제가 어려워서 그래? 엄마가 좀 도와줄까?"

엄마는 나가지 않고 책상 옆에 서서 나를 지켜보며 말했다.

내 마음속 짜증이 엄마의 이 질문 하나에 폭발하듯 쏟아졌다.

"엄마가 뭘 도와줘? 어떻게 도와줄 건데? 엄마가 아는 게 뭐가 있다고 도와줘? 엄마는 아무것도 모르잖아. 옛날 생각 안 나? 엄마가 나 한글 못 가르쳐 줘서 나 일 학년 때 받아쓰기 빵점 맞은 거. 그리고 알림장 못 읽어서 준비물도 못 챙겨 줬잖아."

그러면 안 되는 줄 나도 안다. 하지만 나는 알 수 없는 분노가 속에서 욱하고 치밀어 올라 나도 모르게 큰 목소리로 엄마를 공격했다. 까마득한 예전 일을 끄집어내면서까지.

엄마는 들고 온 과일 쟁반을 꽉 붙잡고 있었다. 한동안 정지 화면처럼 가만히 있었다. 나는 엄마의 얼굴을 쳐다보지 못하고 엄마의 손만 힐끗거리며 봤다. 엄마가 얼마나 세게 쟁반을 잡고 있는지 엄마의 푸른 정맥이 도드라져 보였다. 손도 살짝 떨고 있었다.

엄마는 곧 나를 향해 빠르게 뭐라고 뭐라고 소리쳤다.

하지만 나는 아무 소리도 못 듣는 사람처럼 가만히 있을 수밖에 없었다. 엄마가 우크라이나 언어를 폭포수처럼 쏟아 내기시작했기 때문이다. 엄마가 정말 정말 화가 났을 때는 저렇게엄마의 언어로 말했다. 아마 지독하게 심한 욕일지도 모른다.

"우리말로 하라고! 한국말로! 하나도 못 알아듣겠다고!"

나는 가만 있지 않고 엄마의 화를 돋우었다.

"너, 너, 너는 왜 엄마를 무시해? 그러면 너 마음 좋아? 그리고 우리말이 왜 꼭 한국어야 해? 엄마의 언어도 너의 말이야. 우리말이 될 수 있어!"

엄마는 화가 나면 한국말을 더듬었다. 말을 더듬는 사람은말싸움에서 이길 수 없다. 엄마는 절대 나를 이길 수 없다. 나의 유창한 한국어를 당해 낼 수 없을 테니까.

"엄마 말 배워서 뭐 하게? 어디 쓸데도 없는 언어인데! 그 시간에 차라리 영어를 더 배우겠다!"

엄마는 한참 동안 내 눈을 바라봤다. 화가 나 있으면 눈 속에

불이 이글이글해야 하는데 엄마 눈에는 눈물이 차오르고 있었다. 엄마는 고개를 돌렸다. 곧 "하" 하고 깊은 한숨을 내쉬더니 뒤돌아서 거실로 나갔다.

말싸움에서 이겼는데 나는 하나도 기쁘지 않았다.

아빠가 늦은 시간에 들어왔고 언제나처럼 엄마와 인사를 나누고 내 방문을 열었다. 하지만 나는 이불을 머리끝까지 뒤집어쓰고 자는 척하며 아빠를 보지 않았다. 아빠가 내 머리를 쓰다듬고는 조용히 방문을 닫고 나갔다.

엄마와 아빠가 거실에서 말하는 소리가 들렸다. 엄마의 걱정스러운 목소리가 귀에 걸렸다.

"안나가 대체 나에게 왜 그러는지 모르겠어. 갈수록 더 삐딱해지는 것 같아. 내가 어떻게 해야 할지 모르겠어."

나는 귀를 막았다. 자꾸만 엄마가 울먹거리며 말했기 때문이다. 나는 발로 이불을 걷어차 버렸다. 이러려고 그런 건 아니다. 뾰족하고 미운 말들은 어째서 엄마 앞에서만 내 마음보다 먼저 뛰쳐나가 엄마에게 상처를 주는지 모르겠다. 다른 사람들 앞에서는 고삐 잡힌 말들처럼 고분고분 잘 제어가 되는데 엄마 앞에서는 가장 거친 말이 가장 빠른 속도로 달려나갔다.

나는 머리가 아주 어지러운 꿈 때문에 잠에서 깼다. 시계를 보니 새벽 두 시도 채 되지 않은 이른 시간이었다.

나는 목이 말랐다.

하지만 일어나기 귀찮아서 한동안 침대에서 시체처럼 움직이지 않고 누워 있었다. 주위가 온통 조용했다. 가끔 가다 한 번씩 밖에서 개가 짖는 소리가 났고 주방에서는 냉장고가 한 번씩 윙윙거리며 돌아가는 소리를 냈다. 너무 목이 타서 어쩔 수 없이 몸을 일으켰다. 조용히 방문을 열고 거실로 나갔다.

거실 보조 등이 켜져 있었다. 그 아래에 엄마가 있었다. 엄마는 소파 한 귀퉁이에 몸을 잔뜩 웅크리고 작은 목소리로 누군가와 통화를 하고 있었다. 한껏 목소리를 낮춘 소리지만 그것이 우크라이나 언어라는 걸 알 수 있었다. 그 낯선 언어들 사이사이로 흐느끼는 듯한 울음소리도 들렸다. 물론 그 속에 내 이름도 간간이 흘러나왔다. 분명 외할머니 아니면 이모랑 통화하고 있을 거다. 엄마는 무슨 일이 생기면 언제나 그렇게 했으니까. 나는 엄마의 말에 집중했지만, 알아들을 수 있는 말이 하나도 없었다. 단 한마디도.

초등학교 들어가기 전, 나는 엄마와 우크라이나 키이우에 갔었다. 외할머니는 몸집도 컸고 살집이 있어 몸이 다 폭신폭신했다. 나를 보자마자 커다란 가슴으로 나를 먼저 꼭 안아 줬다. 나는 숨이 막혔지만 그게 얼마나 따뜻한 품인지는 잘 기억하고 있다. 온 힘을 다해 사랑한다고 언어가 아닌 몸으로 말해 주는 것 같았기 때문이다. 엄마와 닮은 이모들도 내 곁에서 내 얼굴을 보며 뭐라고 뭐라고 말했는데 엄마가 한국어로 전해 준 말은 내가 아빠를 똑 닮았다는 거다. 아무리 봐도 나는 엄마를 닮은 것 같은데 왜 다들 내 얼굴에서 아빠가 보인다고 했는지 그때도 나는 고개를 갸우뚱거렸다. 키이우의 여름은 그렇게 덥지 않아서 좋았다. 하지만 외할머니와 이모는 주방에서 종일 요리를 하느라 연신 땀을 흘렸다. 그리고 나에게 자꾸만 먹을 것을 권했다. 하지만 나는 낯선 요리를 잘 먹지 못했다. 외할머니는 어떻게 해서든 내 입맛에 맞는 음식을 해 주느라 애를 썼던 기억도 났다. 치킨 크로켓을 잘 먹었는데 그 모습을 보고 무척 좋아하셨다. 하지만 너무 오래전 일이라 기억이 가물가물하다. 키이우의 할머니 집도 잘 그려지지 않는다. 그 이후로 우리는 우크라이나에 가지 못했기 때문이다. 엄마는 곧 한국에서 직장 생활을 시작했고 바빠져서 갈 수 없었다.

엄마의 말은 알아들을 수 없었지만 그 목소리엔 슬픔이 가득하다는 걸 금방 알 수 있었다. 엄마는 가끔 소매 끝으로 눈물을 훔치기도 했다.

'엄마는 무슨 말을 하고 있을까?'

나는 엄마에게 다가가고 싶었지만 어떻게 다가가야 할지 몰라 조용히 주방 벽에 웅크리고 앉아서 엄마의 슬픈 목소리를 견뎠다. 엄마의 전화 통화가 끝났다. 나는 도망치듯 황급히 냉장고 옆으로 숨었다. 그런데 엄마가 주방으로 걸어왔다. 엄마가 주방의 불을 켰다. 나는 눈을 꼭 감았다.

"안나! 여기서 뭐하는 거야?"

나는 어쩔 수 없이 눈을 떠야 했다.

눈물범벅이 된 엄마 얼굴이 눈앞에 보였다. 자리를 뜨고 싶었지만 도망갈 곳이 없었다. 다시 눈을 감았다. 눈을 감아도 엄마의 슬픈 얼굴이 사라지지 않았다.

엄마는 싱크대 앞에 쪼그리고 앉았다. 나는 냉장고 앞에 앉았다. 우리는 둘 다 말없이 그렇게 앉았다. 엄마가 허밍으로 익숙한 멜로디를 불렀다. 어릴 적 내가 잠투정을 할 때마다 불러 준 자장가였다. 그 노래는 외할머니의 노래이기도 했다.

"안나, 이 노래 기억나니?"

"응."

나는 무릎을 두 손으로 끌어안고 얼굴을 숙인 채 말했다.

"넌 모르겠지만 안나, 엄마는 이 노래를 할머니가 없을 때 몰래 불러야 했어. 아주 작은 목소리로."

"왜?"

"할머니가 싫어했거든. 아기에게 자꾸 한국어로 말해 줘야 한국에서 적응할 수 있는데 엄마 언어로 말하면 한국어가 안 는다고 싫어하셨어. 그래서 엄마는 어쩔 수 없이 너를 예뻐할 때도 서툰 한국어로만 말해야 했어. 자꾸만 나오려는 엄마 말을 꾹 눌러야 했지. 그런데 지금은 그게 후회돼. 네가 엄마 언어를 배울 기회를 놓친 것 같아서."

나는 마음이 뜨끔했다.

엄마의 이야기가 계속되었다.

"결혼하고 할머니는 김치찌개 만드는 법을 제일 먼저 가르쳐줬어. 이걸 아들한테 그대로 해 주라고 하면서. 하지만 엄마는 김치 냄새가 싫었어. 그 특유의 향이 너무 맡기 힘들었어. 누구나 다 그렇잖아. 처음 접하는 것들에는 바로 적응하기 쉽지 않잖아. 그래서 간간이 엄마 고향 음식인 보르쉬 스프를 해 주었어. 비트가 들어가서 아주 빨간 음식이야. 할머니는 그걸 보고 너는 이상한 음식을 먹는다고 그러는 거야. 그 후로는 그냥 한국 음식만 했던 것 같아. 한국어도 잘 모르고 한국 문화를 잘 몰라서 처음에는 하라는 대로 한국 가족에게 다 맞춰 줬어. 나는 그게 적응인 줄 알았거든. 그래서 무조건 '네, 네' 하고 따랐어."

나는 고개를 들어 엄마를 봤다. 엄마에게 그런 시간이 있었다는 걸 알지 못했다. 엄마는 웃음을 지으며 말했지만 당시의 힘들었던 시간이 엄마 마음속에 쌓여 있었던 것 같다. 나도 엄마의 삶을 옆에서 지켜보고 있었지만 엄마가 느꼈을 고통에

공감하지는 못했다. 나는 한국인 눈으로 엄마를 보고 한국인처럼 밥을 먹어서 엄마가 고향의 맛을 그리워할 거라는 걸 생각조차 하지 못했기 때문이다.

"그렇게 지내다 보니 할머니가 어느 날, 우리 며느리 이제 한국 사람이 다 되었다고 좋아하는 거야. 그런데 엄마는 이 말이 칭찬처럼 느껴지지 않았어. 그건 내가 갖고 있던 우크라이나다운 것들이 나도 모르게 사라지는 것 같은 느낌이 들었기 때문이야. 그래서 완벽하게 한국 사람처럼 보이려고 노력할수록 엄마는 허전하고 슬퍼지는 거야. 그때 깨달았어. 함께 행복해지려면 엄마가 한국 사람과 똑같아지려고 해서는 안 된다는 걸 말이야. 엄마가 아무리 노력해도 한국인과 똑같아질 수도 없는 거고. 그건 불가능하고 또 옳지 않다는 걸 깨달았어. 왜냐하면 엄마는 우크라이나 사람이니까. 그리고 우크라이나 문화를 부정하는 건 나를 부정하는 거니까. 그래서 그때부터는 한국 사람처럼 되려고 노력하지 않고 그냥 내 마음 가는 대로 했어. 서로 이해를 해 줘야 행복한 거니까. 엄마 혼자서만 노력해서는 안 되는 거였어."

나는 엄마의 말을 한참 동안 생각했다.

나만 끙끙거리며 애쓰는 것보다 서로 이해해 줘야 행복해진 다는 말에 나도 모르게 고개를 끄덕였다.

"엄마, 난 그저 남들의 시선을 끌지 않은 외모였으면 좋겠어. 그냥 자연스럽게 친구들과 어울리고 싶은데 난 그게 잘 안 되 잖아. 태생적으로 이렇게 생겼으니까. 다들 내가 한국인이라 는 사실을 자꾸 의심하니까 너와 다르지 않은 한국인이라는 걸 증명해야 하는 게 너무 싫고 힘들어. 내가 이곳에서 평생 환영받지 못하는 사람이 될까 봐 두려워."

나는 친구들에게 상처받았던 과거의 일에서부터 최근에 있 었던 일들까지 엄마에게 털어놓았다. 그런 일로 학기 초마다 겪는 내 복잡한 감정도 솔직하게 고백했다. 나는 말하다가 내 감정에 빠져 훌쩍거리기도 하고 화를 내기도 했다. 그때마다 엄마는 "진짜?", "맙소사, 나라도 화가 났겠어."라며 내 말에 추 임새를 넣어 적극적으로 공감해 주었다. 엄마의 적극적인 반 응에 나는 더 많은 이야기를 들려주었다. 엄마는 내 말이 다 끝날 때까지 귀를 기울여 들어 주었다.

"안나, 친구들에게 네가 다르다고 보여 줘도 괜찮아. 그들과 똑같아져야 함께 할 수 있는 건 아니야. 먼저 네가 한국인 친구들과 다르다는 걸 인정해야 해. 그리고 본연의 너를 사랑해 줘야 해. 그래야 네가 행복해져. 지금 엄마처럼."

엄마는 내 어깨를 쓰다듬으며 말했다.

"그리고 안나, 너무 초조해하지 마. 너를 깎아내리는 사람이랑은 친해지지 않아도 괜찮아. 너 자체를 있는 그대로 받아들이는 친구가 진짜 친구니까. 힘든 건 알지만 그래도 불안해하지 않았으면 좋겠어. 그런 친구는 꼭 생기니까. 엄마처럼."

"한별이 엄마 같은 친구?"

"응, 한별이 엄마 같은 친구."

엄마가 빙긋 웃으며 답했다.

"하지만 난 새로운 환경이 되면 자꾸만 걱정돼."

"안나, 세상은 두려운 것 투성이야. 그래서 겁먹는 건 당연해. 엄마가 아빠를 사랑하게 되었을 때도 그랬어. 아빠는 다른 세상에서 온 사람이었고 그 사람을 사랑하면 그 낯선 세상도 내가 감당해야 하니까. 사실 엄마는 지독한 겁쟁이였거든. 그래서 한국 남자를 사랑했지만 한국으로 가서 살 생각은 못했어. 하지만 아빠를 평생 못 만날 생각을 하니까 그게 더 무서운 거야. 그래서 어쩔 수 없이 한국에 왔어. 사랑하면 무험가가 되는 거야."

"무험가가 아니라 모험가야."

"어, 맞다. 모험가. 또 도전하고 모험해야 내가 원하는 걸 얻을 수 있어. 살아보니까 사랑도 그렇고 일도 그렇고 모든 것이 다 그런 것 같아. 친구 사귀는 것도 그렇고 힘든 일을 이겨 내는 것도 그래. 도망가면 아무것도 못해. 안나도 모험을 해. 남들에게 솔직하게 네 감정을 얘기해도 괜찮아. 그건 약점을 보이는 게 아니야. 그래야 도움도 받을 수 있어."

안방 문이 열리는 소리가 들렸다. 파자마 차림의 아빠가 까치집이 된 머리를 긁적이며 나왔다.

"둘이 지금껏 안 자고 여기서 뭐하는 거야?"

아빠가 놀란 표정으로 물었다. 엄마는 "잠이 안 와서!"라고 둘러대었다. 아빠는 거실 소파로 우리를 이끌었다. 나는 아빠 무릎에 머리를 대고 누웠다. 아빠가 작은 담요로 내 배를 덮어 주었다. 엄마는 아빠의 어깨에 머리를 기대었다.

"당신 우리 처음 만났던 날 생각나?"

엄마의 말에 아빠가 싱긋 웃었다.

"그걸 어떻게 잊어. 천사 만난 날인데."

아빠 말에 엄마가 좋아 죽을 듯이 웃었다. 나는 어이없어서 손으로 이마를 짚었다. 둘은 이미 내가 태어나기 전의 시간으로 들어가 그때의 이야기를 어제 일처럼 주고받았다. 이따금 엄마와 아빠의 웃음소리가 오갔고 나는 꾸벅꾸벅 졸다 잠결에 엄마와 아빠의 연애 시절 이야기를 꿈꾸듯 들었다.

아빠가 엄마가 사는 키이우로 여행 갔을 때 둘은 카페에서 만났다고 했다. 당시 대학생이었던 엄마가 긴 머리를 쓸어올리며 우연히 고개를 들었고 그때 아빠의 눈과 마주쳤다고 했다. 그렇게 둘이 첫눈에 반한 이야기, 말도 잘 통하지 않아서 영어로 더듬더듬 말했지만 사랑은 번역기가 없어도 알 수 있었다는 이야기. 한국과 우크라이나를 다람쥐처럼 자주 들락거려 아빠의 항공 마일리지가 어마어마했다는 이야기, 눈이 푹푹 쌓인 거리를 아이들처럼 신나게 돌아다녔던 이야기, 추운 날씨에도 아빠가 언제나 엄마 집까지 데려다줬다는 이야기, 그리고 아빠가 공항에서 청혼했던 이야기까지. 잠결에도 나는 흐뭇해서 싱긋 웃으며 들었다.

"너는 우리 둘의 귀한 열매야."

어떤 순간에 누가 말한 것인지는 모르지만 엄마와 아빠가 내 두 뺨을 어루만지며 속삭였다는 것은 기억이 났다. 자고 있던 내가 빙구처럼 웃었던 것도. 내가 꿈꾸던 출생의 비밀이 날아가는 줄도 모르고 그 말이 로맨스 엔딩 대사처럼 멋지다고 생각하며 나는 더 깊은 잠에 빠졌다.

학교에 도착했다.

1교시는 국어 시간이었다.

"여러분, 국어 숙제 다 해 왔어요?"

선생님의 물음에 어떤 아이들은 큰소리로 "네!"라고 대답했지만 대다수는 그냥 웃거나 고개를 숙였다.

"선생님도 숙제를 해 왔어요. 우선 선생님부터 소개할게요."

우리는 선생님 말에 다들 서로의 얼굴을 봤다. 선생님은 숙제를 내는 사람이지 하는 사람이 아니기 때문이다. 선생님은 우리의 표정에도 아랑곳하지 않고 자신의 어렸을 때 이야기를 해 주었다.

"엄마가 일찍 돌아가셔서 저는 아빠 손에 컸어요. 아빠가 아침마다 머리를 따 주거나 묶어 줬어요. 그런데 너무 세게 묶어서 선생님 눈이 위로 쭉 찢어질 것 같았어요."

선생님 말에 모두가 웃었다.

"엄마가 없다 보니 불편한 점도 꽤 있었어요. 사춘기 때 속옷 사러 갈 때 도 그랬고 생리할 때도 그랬죠. 하지만 그런 것 빼고는 특별히 불편한 점은 없었어요. 아빠의 사랑 덕분이죠. 그리고 선생님은 어렸을 때 정말 느린 아이였어요. 눈썰미가 있는 친구들은 금방 익히는 종이접기도 엄청 못해서 몇 번을 봐야 이해할 정도였어요. 공부도 그랬어요. 처음엔 받아쓰기도 어려웠고 수학은 말도 못하게 못했어요. 하지만 저는 느려도, 실수해도 열심히 하려고 애썼어요. 다른 사람이 하는 것보다 조금 더 많은 시간을 들여 공부했어요. 솔직히 여러분을 만나기 위해서 선생님은 재수까지 했죠. 하지만 그 시간이 전혀 아깝지 않아요. 이렇게 저의 첫 제자들을 만나게 되었으니까요. 저는 거북이처럼 느리지만 목표를 세우면 어떻게든 잘 해내려고 진짜 진짜 노력하는 사람이에요. 좋은 선생님이 되기 위해 앞으로도 열심히 노력할게요!"

선생님이 말을 끝내고 우리에게 활짝 웃었다. 선생님이 솔직하게 말해 줘서 내 마음도 편해졌다. 어젯밤에 고민해서 썼던 글을 덮었다. 어젯밤에 쓴 글은 진짜 나를 감추고 좋게만 포장했던 글이기 때문이다.

"이제 여러분의 이야기를 들려주세요. 먼저 발표할 사람은 손들어 주세요."

선생님이 말하자마자 아이들이 여기저기 손을 들었다. 어떤 아이는 꿈이 기관사라 여행할 때 전국의 역을 꼭 들러 본다고 했고 기차의 종류에 무엇이 있는지 얘기해 주었다. 또 다른 친구는 엄마와 아빠가 의사인데 자신은 공부를 너무 못해서 그게 가장 큰 고민거리라고 진지하게 말하기도 했다. 선생님은 늦게 피는 꽃이 있다며 용기를 주었다. 처음엔 자기소개처럼 흘러가다가 어느 순간은 상담소가 되어 버렸다.

곧 내 차례가 왔다.

나는 앞선 친구들이 자신의 걱정거리를 얘기해서 나도 용기를 내어 일어났다.

"저는 한국인입니다."

내 말에 아이들이 어리둥절한 표정으로 나에게 주목했다.

"우리 반에서 자신을 이렇게 소개할 사람은 아무도 없겠지만 저는 늘 이렇게 말을 해야 해요. 단지 외모가 다르다는 이유로요. 한국인이고 한국에 사는데 자꾸 저에게 어느 나라에서 왔냐고 물어요. 그런 질문을 받으면 너무 슬퍼져요. 그리고 학교 다니면서 저는 제 이름 대신 다문화라 불린 적이 많아요. 그 말을 들으면 속상해요. 한국인이면 한국인이지 다문화 한국인이라는 말은 저를 다른 무리로 분리하는 것 같거든요. 그래서 저는 더 진짜 한국인처럼 보이고 싶어서 삼 학년 때는 엄마에게 머리카락을 검은색으로 염색해 달라고 조르기도 했어요. 하지만 엄마는 염색이 몸에 좋지 않다고 해 주지 않았어요. 그래서 학교에 안 가겠다고 운 적도 있었어요. 저만 눈에 띄게 남들과 다르다는 건 너무 불편했거든요. 그 때문에 친구를 사귈 때도 적극적으로 다가가기 힘들었어요. 그래서 여러분께 꼭 말해 주고 싶은 게 있어요. 한국인의 얼굴을 떠올릴 때 다양한 인종의 사람들도 얼마든지 한국인이 될 수 있다는 사실을요."

아이들도 내 이야기를 끝까지 들어 주었다. 장난을 치거나 농담을 하는 친구도 없었다. 나는 마음이 다 후련해졌다. 내가 무겁게 들고 다니던 커다란 짐보따리를 바닥에 내려놓은 느낌이었다.

"안나가 솔직하게 말해 줘서 너무 고마워요. 어제 안나의 이름을 외우지 못해 선생님도 생각 없이 다문화라고 했던 게 떠오르네요. 안나의 말을 들으며 선생님도 반성하게 되었어요. 그리고 우리도 고정관념을 깨기 위해 다 같이 노력해야겠다는 생각도 들었답니다."

선생님이 안나를 보며 진심을 담아 말했다. 안나도 집중해서 들었다.

"안나는 자신이 남들과 다른 점을 힘들어하지만 선생님은 조금 다른 의견입니다. 안나와 같은 친구는 두 문화를 다 경험한 친구이기 때문에 오히려 더 많은 장점을 갖고 있다고 생각해요. 이쪽 문화와 저쪽 문화를 연결해 줄 수 있는 연결자가 될 수 있고요. 서로 간에 갈등이 있을 때 그 갈등을 풀어 줄 중개자도 될 수 있거든요. 요즘처럼 글로벌 시대에서는 그런 역할을 해 줄 사람이 매우 중요해졌어요. 안나와 같은 친구들이 그래서 우리 사회에서는 아주 귀한 존재라고 할 수 있답니다."

선생님이 애정을 듬뿍 담아 나를 보며 말해 주었다.

선생님이 말해 준 것 중 '귀한 존재'라는 말이 내 귀에 꽂혔다. 남들과 달라서 겉돌기만 했는데 그 말을 듣자 내가 둥근 원 안으로 들어간 느낌이 들었기 때문이다. 나도 이 공동체의 귀한 존재라는 인정을 받은 느낌이랄까! 갑자기 선생님이 좋아졌다. 어제는 너무 미웠는데 말이다. 나는 정말 어쩔 수 없는 금사빠인 것 같다.

수업이 끝나고 점심시간이 되었다.

나는 교실 안을 두리번거리며 급식을 같이 먹을 친구들이 있나 둘러보았다. 요섭과 내 눈이 마주쳤다.

"밥 먹으러 가자!"

요섭이 기다리고 있었던 듯이 손을 흔들어대며 소리쳤다. 옆엔 한별이와 매일 축구 시합을 하는 한 무리의 남자아이들도 몰려 있었다. 나는 고개를 내저었다. 나는 한별이랑 요섭이와 친해도 밥은 여자아이들이랑 먹었기 때문이다. 나는 친한 여자 친구들 무리에 끼기 위해 또 노력해야 해서 마음이 착잡했다.

아무리 둘러봐도 그다지 친한 친구가 보이지 않아 점심을 포기할까 생각할 때 연지가 내게 다가왔다. 연지는 쉬는 시간에도 늘 책을 보는 차분하게 생긴 아이였다.

"안나야, 나랑 같이 밥 먹을래?"

연지가 아주 조그마한 목소리로 내게 말했다. 나는 너무 기뻤지만 티를 내지 않으려고 애를 썼다. "응, 좋아!" 하고 나도 무덤덤한 듯 대답했지만 사실 마음속으로는 미친 듯이 제트의 가장 파워풀한 춤을 추고 있었다.

'내가 먼저 다가가기 전에 다른 친구가 내게 먼저 와 줬다고!'

나는 어깨가 자꾸 위로 치솟는 걸 느꼈다.

연지는 점심을 먹은 후 내게 멋진 책을 소개해 주겠다며 나를 끌고 도서관에 데리고 갔다. 도서관엔 아이들이 거의 없었다. 나는 책을 많이 읽는 연지가 말하는 멋진 책이 어떤 책일지 궁금했다.

연지는 하얀색 책꽂이가 있는 곳으로 나를 이끌었다.

"아무도 안 빌려 가서 다행이다."

연지가 서가에서 책을 발견하고는 초록색 표지의 책을 꺼냈다.

"이 책은 내가 가장 좋아하는 책이야. 스무 번도 더 읽은 것 같아."

연지는 내게 《빨간 머리 앤》을 꺼내 주며 말했다.

"이 책이 그렇게 재미있는 거야?"

내가 책을 건네받으며 물었다.

"응, 앤이랑 나랑은 공통점이 있거든."

"공통점?"

나는 연지와 앤의 얼굴을 번갈아 보며 쳐다봤다. 하지만 둘의 공통점을 찾을 수 없었다. 연지는 빨간 머리도 아니고, 주근깨도 없었기 때문이다.

"아무리 봐도 빨간 머리 앤이랑 너랑은 공통점이 없는 것 같은데?"

내 말에 연지가 씩 웃으며 힌트를 하나 던져 주었다.

"앤이랑 나랑은 출생의 비밀이 같아."

나는 연지의 말에 호기심이 폭발했다. 내가 매번 꿈꾸는 '출생의 비밀'이 연지에게 있다는 것이 놀라웠기 때문이다. 연지는 책을 들고 봄볕이 내리쬐는 창가 쪽 바닥에 앉았다. 나도 옆에 쪼그리고 앉았다. 연지의 입을 내내 바라보면서.

"나 입양아야. 앤처럼."

연지는 책 표지 속 활짝 웃는 앤을 가리키며 말했다. 나는 깜짝 놀랐지만 너무 놀라는 모습을 보이면 연지가 속상해할 것 같아 침착하게 보이려 노력했다.

연지는 엄마와 아빠가 공개 입양을 해서 그것을 부끄럽게 여긴 적이 한 번도 없었는데 친구들에게 입양 이야기를 했을 때 다들 너무 놀라고 안쓰럽게 쳐다봐서 그 후로는 그 사실을 꼭꼭 숨겼다고 했다. 하지만 엄마가 SNS에 연지 입양 사실과 육아 일기를 게재해서 소문은 금방 퍼졌다고 했다. 연지가 친구 집에 가면 그쪽 부모님이 괜히 불쌍하게 자신을 바라보는 것도 힘들었다고 했다. 자신은 엄마와 아빠에게 충분히 사랑받고 있는데 자꾸만 구박받는 불행한 아이로 봐서 곤란했다면서 말이다.

나는 연지가 표정의 변화도 없이 술술 자신의 이야기를 하는 것이 신기했다. 그리고 그걸 나에게 편하게 얘기해 줘서 고마웠다. 연지가 나를 믿을 만한 친구라고 생각하니까 그런 고백도 할 수 있는 거니까 말이다. 아무래도 내가 오늘 솔직하게 자기소개를 해서 그랬던 것 같다.

나는 여태껏 나의 고민거리가 이 세상에서 가장 클 거라고 생각했다. 하지만 오늘 처음으로 학교 친구들과 연지 얘기까지 들으면서 나뿐 아니라 모두에게 걱정거리가 있다는 사실을 깨닫게 되었다. 그동안 나는 내 고민을 너무 크게 생각해 다른 친구들을 제대로 보지 못했던 것 같다는 생각을 했다.

"너도 그런 고민이 있었구나. 나도 늘 내가 반쪽이 같아서 고민했었어. 한국 사람도 우크라이나 사람도 아닌 것 같았거든."

"반쪽이라고 생각했다고? 아니야, 안나야, 네 얼굴엔 동양과 서양이 잘 조화롭게 있어서 엄청 신비롭게 생겼어. 반쪽이라니 말도 안 돼. 넌 둘 다 있는 거지!"

연지가 손까지 휘저으며 말도 안 된다는 식으로 말했다.

나는 연지의 말에 가슴이 쿵쿵 울렸다.

'반쪽이가 아니라 둘 다 있는 거라고?'

나는 여태 왜 나를 그렇게 생각하지 못했는지 마치 커다란 방망이가 내 머리를 친 것처럼 충격적이었다. 아까 선생님이 나에게 해 준 말도 생각났다. 어떻게 보느냐가 중요한 거였다. 내가 늘 나의 약점이라고 생각했던 것이 나의 강점도 될 수 있다는 것을. 나는 유레카를 외치고 싶은 심정이었다.

'그래, 난 하프(half)가 아니라 보스(both)였어. 둘 다를 지닌 귀한 존재였어. 그게 맞는 거지. 그걸 오늘에야 깨닫다니! 연지는, 연지는 진짜 좋은 친구다!'

나는 또 기분이 좋아서 마음속으로 춤을 막 추었는데 그게

어떻게 몸으로도 나와서 제트의 춤을 추고 있었다.

연지가 내 춤추는 모습을 보고 키득거렸다.

나도 웃겨서 막 웃었다.

사서 선생님이 오셔서 조용히 하라고 했다. 하지만 둘 다 웃음을 멈출 수가 없어서 도서관을 나왔다.

"너 제트 좋아해?"

연지가 제트를 알고 있었다.

"어, 나 제트 완전 좋아해!"

"나도 제트 팬인데!"

우리는 복도에서 똑같이 제트의 노래를 불렀다.

"오, 예, 나를 그렇게 보지 마. 그 눈빛 뭐야? 좀 다르면 어때?"

우리는 제트의 춤도 따라 추며 복도를 걸어갔다. 햇살이 우리를 비춰 움직일 때마다 우리의 머리카락이 반짝거렸다. 오래된 학교도 오늘따라 빛이 났다.

한별이 이야기

안나가 학교에서 했던 말이 자꾸 떠올랐다. 나는 안나의 말이 좀 충격이었다. 안나는 늘 엉뚱한 소리를 하고 드라마에 빠져 있어서 뭘 고민하고 아파할 거라고는 상상도 못했기 때문이다. 이번 일로 겉으로 보이는 게 다가 아니란 걸 알게 되었다. 안나가 자신에게도 출생의 비밀이 있을 거라고 믿었던 그 마음을 이제야 알 것 같았다. 안나는 우리에게 위로받지 못한 마음을 웹 소설이나 드라마로 풀고 있었던 것 같다. 이런저런 생각을 하다 걷다 보니 벌써 가게에 도착해 있었다.

네가 정녕 분식점이냐?

- KBS, MBC, SBS 방송과 케이블 방송에 소개되고 싶은 집!

가게 앞 입간판에는 '겁나 고퀄 분식'이라는 말이 근엄하게 적혀 있다. 여기는 우리 동네에서 가장 인기 있는 분식집이다. 그리고 이곳이 바로 우리 집이다.

"오, 별아, 어서 와!"

테이블을 치우다 말고 엄마가 내게 달려왔다. 나는 가볍게 엄마를 안았다. 하지만 엄마는 나를 힘껏 꼭 안았다. 마치 몇 년 동안 이별했던 사람들이 다시 만난 것처럼. 아침에 학교에 가서 겨우 몇 시간이 지났을 뿐인데. 이제 나는 엄마보다 몸도 크고 키도 커서 올 때마다 엄마가 안는다는 게 조금은 부끄러웠다. 하지만 엄마는 그만둘 생각을 안 한다. 내가 대머리에 배 나온 아저씨가 되어서도 엄마는 나를 이렇게 꼭 아기처럼 안을 것 같다.

나는 가방을 의자에 내려놓고 곧바로 주방으로 갔다. 알바생 형이 점심을 맡고 내가 저녁 시간을 담당했다. 나는 곧장 주방으로 가 설거지를 했다. 싱크대 주변의 물기를 닦아 놓는 것도 잊지 않았다.

"이봐요, 알바생! 여기 밑에 떨어진 양념장은 안 보여요? 여기 바닥도 좀 닦아 주지?"

"네! 사장님!"

나는 빙긋 웃으며 대걸레로 바닥을 닦았다. 엄마는 정말 알바생처럼 나를 부려먹기도 했지만 내가 한 몫은 꼭 시간당 계산해서 통장에 넣어 주셨다. 엄마가 날 제대로 된 알바생으로 인정해 주는 것 같아 좋았다. 손님이 다 가고 가게가 비자 엄마는 그제야 커피를 타서 마셨다. 이제 슬슬 가게를 정리할 시간이 되었기 때문이다.

하지만 엄마가 앉자마자 또 다른 손님이 들이닥쳤다. 엄마의 단골손님 겸 가장 친한 친구인 안나 엄마였다. 내가 어렸을 때부터 지금껏 잘 지내는 사이다. 서로 집안의 숟가락 개수도 안다는 그야말로 절친이다.

안나 엄마는 캔맥주 한 상자를 서류 가방이나 되는 것처럼 가볍게 옆에 끼고 들어왔다.

"따냐, 무슨 좋은 일 있는 거야?"

엄마는 맥주 상자를 건네받으며 물었다.

"언니, 불금이잖아. 불금 즐기려고 왔지! 오늘 그냥 갈 데까지 가 보는 거야. 인생 뭐 있어! 아, 진짜 자식 키우는 거 너무 힘들어! 나 어제 안나 때문에 화 참느라 죽을 뻔 했다니까! 그러다가 극적 화해를 했어. 그래서 이건 축하주!"

"안나가 왜? 자기 할 일 똑 부러지게 잘하잖아. 나는 그런 딸 있으면 맨날 업어 주겠다."

"아이고, 언니, 우리나라 속담에 남의 땅에 자라는 것이 모두 가장 좋은 밀이란 말이 있어."

"하하하, 맞는 말이다. 남의 떡이 커 보인다는 한국 속담도 있어."

엄마는 안나 엄마가 내민 맥주 상자의 포장을 벗기며 답했다.

"안나가 요즘 사춘기인지 나를 막 공격하고 막말해서 너무 속상했거든. 근데 어젯밤 안나가 그동안의 고민을 털어놓더라고. 난 안나가 그렇게 힘든 시간을 보내는 줄 몰랐어. 맨날 웃고 다니고 드라마만 보고 그래서 생각 없이 사는 줄 알았지,

그 작은 머리에 그렇게 많은 고민이 든 걸 몰랐네. 나도 모르게 미안해지더라고. 덕분에 오해도 풀 수 있어서 더 좋았고. 축하한다는 의미에서 건배하자고! 시작은 부드러운 맥주로!"

안나 엄마가 사 온 캔맥주는 어마어마하게 많아 보였다. 아줌마의 비장감 넘치는 모습에서 오늘 이 세상 술을 다 마시고야 말겠다는 강한 의지가 느껴졌다.

"아주 그냥 날을 잡았구나. 그래도 자식하고 싸움은 금방 풀리지 않아?"

엄마가 웃으며 물었다.

"맞아, 언니, 해피엔딩으로 끝나서 다행이었어."

나는 떡볶이와 튀김을 접시에 담았고 엄마는 우동을 바로 끓여 안나 엄마에게 내놓았다.

"자, 언니 우선 마시고 시작합시다! 사실 이런 날은 보드카 마셔야 하는데 언니 술 잘 못 마시니까 내가 맥주로 양보했어. 언니, 건배하자! 아줌마들의 우정은 죽을 때까지!"

두 유리컵이 부딪치며 경쾌한 소리가 났다.

"언니, 요섭이 엄마도 불러요! 아줌마 동지들이 뭉쳐야 세상에 평화가 온다고!"

아무래도 오늘은 가게 문을 빨리 닫아야 할 것 같다. 손님도 더 오지 않아 엄마는 가게 밖에 '오늘 장사 끝!' 안내문을 내걸었다. 요섭이 엄마까지 오면 밤을 새울 수도 있겠다 싶어 나는 이 층 방으로 올라갔다.

엄마 주변에는 늘 사람이 많았다. 엄마는 남의 이야기를 잘 들어 주었기 때문이다. 골목 상가에서 같이 일하는 할머니들도 가끔 팔다 남은 수박이나 채소를 들고 엄마 가게를 찾았다. 할머니들은 엄마에게 몸이 아픈 것, 힘들게 산 옛날이야기를 털어놓았다. 삼십 년 전, 사십 년 전 이야기도 어제 일어난 일처럼 말하며 스스로 흥분하곤 했다. 가끔은 자신에게 무심한 며느리와 자식 흉을 털어놓았다. 엄마는 그런 할머니들의 이야기를 지루해하는 기색도 없이 귀 기울여 들어 주었다.

"별이 엄마 같은 딸이 있다면 얼마나 좋을까?"

할머니들은 엄마에게 꼭 이런 말을 남기며 엄마에게 고마움을 표시했다.

하지만 나는 그런 엄마가 못마땅했다. 내가 볼 땐 다 쓸데없

는 이야기인데 어째서 그걸 한 시간씩 들어 주는지 말이다. 그래서 한번은 엄마한테 그러지 말라고 했다.

"별아, 엄마는 마지못해 듣고 있는 게 아니야. 엄마는 그런 말 듣는 거 좋아해. 가족 사이에는 저런 문제가 생기기도 하는구나. 아, 늙으면 저런 고민이 생기는구나. 엄마는 그런 걸 다른 사람들의 수다 속에서 배우는 거야. 남들한테는 지긋지긋한 하소연 같겠지만 엄마는 태어나서 이런 말을 해 주는 사람도 곁에 없었어."

나는 엄마의 말에 더는 뭐라고 하지 않았다. 엄마의 그런 성격 덕에 엄마 주변에는 사람들이 항상 많았고 도움도 자주 받았으니까.

하지만 엄마에게는 남들 다 가진 기본적인 것이 없었다. 게임으로 치면 기본 아이템도 없이 레이드를 시작하는 플레이어나 다름없었다. 우선 친가나 외가가 없다. 우리는 명절 때면 TV로 명절을 가상체험했다. 가상체험이 못마땅했는지 작년 추석 전날에는 갑자기 나를 자동차에 태우고 고속도로를 나가 '만남의 광장' 휴게소까지 들어갔다. 거기까지 가는 데도 한참

이나 걸렸다.

"우와, 이게 귀성 전쟁이라는 거구나. 한별아, 이게 명절이야. 장난 아니다, 그치? 도로가 주차장 같아. TV 뉴스가 거짓말이 아니었구나."

휴게소에서 엄마와 나는 소고기국밥을 한 그릇씩 먹고 다시 차를 탔다. 엄마는 차를 타자마자 휴대폰을 꺼내 들었다.

"엄마, 차가 너무 막혀서 엄마 집에 가려면 열 시간도 더 걸릴 것 같아. 나 그냥 집에 갈래. 다음에 갈 테니까 너무 서운해하지 말고!"

엄마는 추석 상황극을 내게 보이고서는 다시 서울로 향했다. 나는 어이없어 웃다가 "할머니, 저도 못 가요. 다음에 꼭 갈게요!" 하고 엄마의 상황극에 동참했다. 우리는 둘 다 낄낄 웃으며 집으로 돌아왔다. 이런 유쾌한 엄마와 살아서 외로움을 느끼며 살진 않았지만 그렇다고 해서 내가 아빠의 부재를 단 한 번도 느끼지 못했다는 것은 아니다.

내가 아빠에 대해 알고 싶었을 때는 유치원 때였다. 유치원 체육대회 때 아빠와 달리기가 있었다. 건장한 아빠들이 아이들 손을 잡고 달리기 시합을 할 때 내 손을 잡고 뛰이 줄 아빠가 없다는 걸 그때 처음 알았다. 나는 그제야 아빠의 존재를 궁금하게 여겼고 그래서 엄마에게 아빠에 관해 자주 물었다. 그때마다 엄마는 이상한 얘기만 했다. 엄마는 얼굴빛 하나 바꾸지 않고 잠에서 깨어 보니 산타할아버지가 놓고 간 선물 상자에서 나를 발견했다느니, 창문을 열어 둔 채 잤는데 일어났더니 펠리컨이 아기 보따리를 내밀었다느니, 지금 생각하면 말도 안 되는 허풍으로 내 출생에 대해 이야기를 지어내곤 했다. 나는 그때도 갸우뚱했다. 산타 할아버지도, 펠리컨도 본 적이 없었기 때문이다. 차라리 한강 다리에서 주워 왔다는 말이 설득력이 있었다. 엄마는 아빠 얘기만 나오면 어떻게든 그 말에서 벗어나려고 애를 쓰거나 농담처럼 넘기려 들었다.

그런 일이 반복되고 나서는 나 역시도 아빠 이야기는 되도록 피했다. 초등학교에 입학하고부터는 엄마에게 아빠에 대해 그렇게 꼬치꼬치 캐묻지 않았다. 나는 엄마가 필사적으로 답을 피하며 어색하게 웃는 얼굴에서 그런 질문이 엄마를 힘들게 한다는 걸 알아차렸기 때문이다.

하지만 아주 가끔 아빠가 있었으면 하고 진심으로 바랄 때가 있다. 가령 엄마 혼자 가게 운영을 하다가 힘든 일이 생겼을 때다. 남자 손님이 어묵 국물을 먹으며 분식집에서 소주를 달라고 소리 지를 때가 그렇고, 거래처 아저씨가 엄마에게 은근슬쩍 반말하거나 추근거릴 때, 엄마 혼자 까치발 세워서 가게 형광등 갈고, 페인트칠하고 무거운 짐을 옮길 때가 그렇다. 다른 집에선 아버지들이 하는 일을 엄마가 모두 해야만 할 때 나는 또 금기를 어기고 아빠 얘기를 슬며시 물어보게 된다. 하지만 엄마는 꿈쩍도 안 했다. 언제나 또 다른 농담으로 대응했다.

"엄마가 이런 말을 해 줘도 될지 모르겠다만 사실 엄마는 외계인이야."

엄마가 진지한 얼굴로 이렇게 말할 때 나는 그냥 포기하고 만다. 고개를 절레절레 흔들면서 말이다. 이번에도 안 되는구나. 그럼 난 또 능청맞게 엄마의 농담에 동참하게 된다.

"정말? 어느 별에서 왔는데?"

"너도 알걸. 안드로메다라고 좀 먼 곳이야. 엄마가 지구 여행 중에 아빠를 만난 거지. 아빠가 내 스타일이었거든. 잘생겼다는 얘기야. 엄마가 한미디로 홀딱 반했지. 원래 안드로메다 여자가 잘생긴 남자한테 약하거든. 하지만 안드로메다인들은 같은 별 사람과 결혼해야 하는데 그 룰을 엄마가 어겼고 그래서 지금 아빠랑 헤어지게 된 거야. 지금 아빠는 우주를 돌고 있어. 뭐 일종의 벌칙 수행 겸 여행이지."

"그럼 난 안드로메다 여자와 지구인 사이에서 태어난 외계인이야? 이번엔 SF 버전이야?"

"별이, 너 이제 엄마 말 안 믿니? 이게 진실이야."

다른 엄마들이 잠자리에 누워 아이들에게 동화책을 읽어 주듯 엄마는 나에게 아빠에 대한 거짓말을 하나씩 보탰다.

그러다 가끔 창문을 활짝 열고 누워서 밤하늘을 향해 "까따삐야, 까따삐야 꼬꼬딱, 안드로메다 나와라, 오바!"라는 말도 안 되는 소리를 내곤 했다. 지금 뭐하고 있냐고 물으면 엄마는 안드로메다에 있는 가족들과 교신 중이라고 진지하게 답했다. 무슨 얘기를 하고 있냐고 물으면 '보고 싶다'란 뜻이라고 알려 줬다. 나는 엄마의 그런 연기력에 깜빡 속을 때도 있었다. 정말 슬픈 얼굴로 얘기했으니까 말이다. 엄마는 나를 속이기 위

해 눈물 연기도 마다하지 않았다.

그리고 그런 거짓말을 들을 때마다 엄마가 저렇게까지 아빠를 숨기려는 어떤 이유가 있을 거라는 생각이 들었다. 그래서 굳이 아빠에 대해 말을 꺼내지 않았다.

하지만 안나의 엄마와 아빠가 팔짱을 끼며 산책하는 모습을 볼 때면 우리 엄마와 아빠는 어떻게 만나 사랑을 했는지, 아빠는 어떤 사람이었는지 그리고 어떤 이유로 헤어졌는지, 또 지금쯤 아빠는 어느 곳에서 무슨 일을 하며 살고 있을지 궁금해지곤 한다. 어쩌면 안나가 그토록 꿈꾸는 출생의 비밀은 내가 가지고 있을지도 모른다. 안나가 그런 말을 할 때 무관심한 척했지만 셋 중 출생의 비밀이 있는 건 나밖에 없으니까 말이다. 나도 혼자 아빠의 모습을 다양하게 상상해 보곤 한다. 엄마가 아무리 숨기려 해도 내가 아빠를 그리워하거나 궁금해하는 것까지는 막을 수 없는 일이니까 말이다. 그럴 땐 휴대폰 앱을 사용해 수염을 기른 내 모습을 찍어 본다. 나이 든 나의 모습으로 아빠의 현재 모습을 대략 짐작할 수 있으니까.

잠시 후, 계단을 밟고 올라오는 둔탁한 발소리가 났다. 규칙

적인 발소리가 아니라 쿵쿵 멈춤, 쿵 다시 멈춤. 아무리 생각
해도 이상한 발걸음 소리였다. 나는 벌떡 일어나 문을 열었다.

엄마는 얼굴이 빨개진 모습으로 휘청거리며 계단을 올라오
고 있었다. 엄청 취한 모습이다. 엄마가 이렇게 취한 적이 없
었는데 오늘은 안나 엄마랑 제법 많은 술을 마신 모양이다. 나
는 서둘러 계단을 내려가 엄마를 부축했다.

"어구, 우리 아들, 별이, 별이, 한별이! 아직도 안 잤쩌요? 엄
마 기다리느라꼬?"

엄마는 혀 꼬부라지는 소리를 하며 나를 안았다.

"왜 이렇게 술을 많이 마신 거야?"

"안나 엄마랑 아주, 아주, 기이이인 이야기를 했거든. 그러다
보니 옛날 생각도 나고. 그냥 막 슬퍼지기도 하고 좋아지기도
하고. 아휴, 정신이 알딸딸하다. 근데 왜 바닥이 이렇게 뱅글뱅
글 도냐? 이야, 지구가 돈다더니 세상에, 진짜 지구가 도는 모
습을 목격할 줄이야!"

엄마는 그 말과 함께 현관 바닥에 풀썩 주저앉았다.

나는 엄마를 안방으로 부축해서 침대에 눕혔다. 엄마 발에

걸려 침대 옆에 쌓아둔 책들이 와르르 무너졌다. 엄마는 읽을 책을 화장실 앞에도 화장대 옆에도 거실 책상에도 올려놓았다. 엄마는 손닿는 곳마다 책을 쌓아 놓아서 나는 엄마에게 매번 잔소리했다. 여긴 집이 아니라 중고 서점 같다고 말이다. 특히 안방은 온갖 책들로 포위된 느낌이다. 나는 엄마 발에 차인 책들을 대충 정리했다.

"한별이도 엄마 옆에 누워."

엄마는 게슴츠레하게 뜬 눈으로 날 보며 엄마 침대 옆자리를 손으로 탁탁 쳤다.

"안나 엄마의 러브스토리는 들을 때마다 로맨틱하더라. 엄마도 옛날 생각이 나고 그랬어."

나는 엄마 옆에 나란히 누웠다.

엄마가 숨 쉴 때마다 맥주 냄새가 났다.

"한별아, 엄마는, 그러니까, 엄마는 말이지. 빨간 머리 앤이었다, 딸꾹!"

이번엔 동화 버전인가보다.

"엄마는 빨간 머리 앤처럼 고아였어. 보육원에서 자랐는데 거기서 날 괴롭히는 무리가 있어서 그냥 도망 나왔어.”

엄마는 잠꼬대 같은 말을 했다.

“고등학교도 때려치우고. 학교 졸업장이 그땐 중한 줄도 몰랐고 사실 너무 힘들어서 거기까지는 생각도 못했어. 나와서 몸 하나 겨우 누일 수 있는 작은 고시원 방 하나를 얻었어. 방세도 내야 하고 식비도 들고 생활비도 있어야 해서 아침부터 밤까지 일을 열심히 했어. 편의점에서 일하고 저녁에는 삼겹살집에서 일하고 호프집 주방에서도 일하고 그랬지. 먹을 건편의점에서 유통기간이 좀 지난 삼각김밥을 먹고 살았고. 그런데 좋았어. 몸은 힘들었지만 마음만은 편했어. 날 괴롭히는 애들도 없고 간섭하는 사람도 없었으니까. 다행히 사장님들도다들 좋으셨어. 그런데 어느 정도 시간이 흐르니까 그 바쁜 와중에도 너무 외롭더라. 이 세상에 나만 혼자 같았으니까. 사실이 그랬고. 아파도 약 하나 사줄 사람이 없었고, 돌봐 줄 사람이 없었으니 그럴 만했어. 그때 네 아빠와 만났어. 부잣집 도련님처럼 생긴 남자를.”

나는 눈이 번쩍 뜨였다.

'아빠? 나의 아빠!'

머릿속으로 이건 진짜라는 생각이 번뜩 들었다.

엄마는 술에 취해 엄마의 이야기를 처음으로 술술 풀어놓았다. 엄마는 보육원을 나와 세 대학이 밀집한 곳에 있는 오십 년된 갈비 집에서 아르바이트를 하게 되었다. 그때 엄마는 아빠를 만났다며 연애담을 들려주었다.

"여름날이었어. 산책하다 엄마 샌들 끈이 떨어져 버린 거야. 그때 바로 내게 등을 보이며 날 업어 주었어. 엄마는 태어나서 누군가에게 업혀 본 게 그때가 처음이었던 것 같아. 그 사람은 내게 뭐든 처음을 겪게 했어. 엄마가 고등학교 중퇴한 사실을 알고 어느 날 서점에서 책을 잔뜩 사 와서 검정고시 준비도 해 주고 그랬지. '다정, 다정, 한다정, 공부할 시간입니다.' 하고 밑줄을 그으며 공부를 가르쳐 줬어. 엄마가 피곤해서 잠이 들라치면 또다시 '다정, 다정, 한다정. 공부하자?' 하며 잠을 깨워 주고 그랬어. 한별아, 엄마는 그때 처음 알았어. 엄마 이름이 그렇게 사랑스러울 수 있다는 걸 말이야. 사실은 엄마 성이 한 씨인지 김 씨인지도 몰라. 그냥 그때 보육원 원장님 성

을 따서 지은 이름이라서. 다른 사람들과 다정하게 살라고 지어 주셨대. 그런데 아무도 내게 다정하게 대하지 않았고 나 역시도 다정스럽지 못한 성격이었어. 항상 얼어붙어 있고 다른 사람 눈치 보고 긴장하고 그랬으니까. 그런데 내게 처음으로 내 이름을 다정하게 불러준 사람이 그 사람이었어. 그 사람 덕에 검정고시도 통과하고 그랬지. 고맙고 고마운 사람이야. 엄마는 그때 처음으로 최선을 다해서 살아야겠다고 생각했어. 그 전에 엄마는 생존만을 위해 살았거든. 먹고 살려고 아등바등했을 뿐 삶의 의미도 목표도 즐거움도 없었어. 그 사람을 만나고 나서야 엄마는 이 세상을 열심히 살아 봐야겠다고 결심하게 되었지. 처음으로 내일에 대한 기대를 하게 됐고. 그래서 하루하루가 소중하고 행복했어. 어느 날 눈을 떠보니 엄마에게 그 사람은 이 세상, 아니 우주 전체가 되어 있었어. 그런데⋯⋯."

엄마는 거기서 말을 잠시 멈추었다.

나는 침을 꼴깍 삼켰다. '그런데'라니! 그 접속사 뒤는 앞의 내용을 부정하는 말이 나올 것이 뻔했기 때문이다. 긴장되었다. 엄마는 눈을 잠시 감았다가 떴다. 다행히 이야기는 계속되었다.

"그런데, 그런 그가 나를 두고, 어느 날, 갑자기 떠나 버렸어. 어떤 복선도 없이. 메시지도 없이. 그것도 추운 겨울날에 말이야. 약속을 잘 지키는 사람이었는데 오지 않았어. 엄마는 추운 거리에서 오들오들 떨면서 기다렸는데, 아주 오래 기다렸는데, 한별아, 그 사람이 오지 않았어. 끝끝내, 오지 않았어."

엄마는 그렇게 말하고 기절하듯 잠이 들었다. 엄마의 이야기를 더 듣고 싶었다. 그 사람이 왜 오지 못했는지 그리고 왜 엄마는 그 사람 없이 나를 낳아야 했는지 말이다. 엄마를 깨워서라도 이야기를 듣고 싶었는데 엄마는 몸을 흔들어도 꿈쩍도 하지 않았다.

나는 잠들 수 없었다.

엄마가 안쓰러웠다. 보육원에서 외롭게 자란 엄마가 상상이 되어 가슴이 아팠다. 그런데 사랑하는 사람에게도 버림받았다는 게 더욱 화가 났다.

'아빠는 나쁜 사람이었구나. 그래서 엄마가 말을 못했던 거

였구나.'

나는 안방 침대 헤드에 머리를 기댄 채 멍하니 앞을 보았다. 엄마의 책장에 꽂힌 수많은 책이 보였다.《흔들리며 피는 꽃》,《톨스토이 단편집》,《사기당하지 않고 사는 법》,《하면 된다- 성공적인 인생 설계법》,《계약의 모든 것》,《핵심을 찌르는 부동산 매매와 임대》,《내 가게 열기-창업 성공 전략》,《때려죽이고 싶은 사춘기 아들과 대화하는 법》,《오프라 윈프리 자서전》,《목공-기초부터 실전까지》등, 종류도 다양했다.

예전에 엄마에게 물은 적이 있다. 왜 이렇게 책을 많이 사냐고 말이다. 대답은 간결했다. 엄마에게 궁금한 걸 알려 주는 사람이 없어서라고. 그래서 엄마에게 책은 어떤 땐 부모님 대신이고 또 어떤 때는 선생님이나 삶의 구원자가 되기도 한다고.

나는 책장에 꽂힌 책들을 멍하니 보았다.

저 많은 책은 엄마가 힘들 때마다 구원자 노릇을 한 것이고 그 말은 엄마의 힘든 시간도 괴로웠던 시간도 저 책들만큼 많았다는 뜻이다. 나는 책을 세어 보다 너무 많아 포기했다. 그리고 끝끝내 나타나지 않은 그 사람이 궁금했고 왜 떠나 버렸는지 이유가 알고 싶어졌다. 왜 그 사람은 엄마를 버렸을까? 엄마 곁에, 내 곁에 있어 주지 못했던 이유는 진짜 무엇이었을까? 나는 처음으로 절실하게 내 출생의 비밀을 캐고 싶었다.

이 사실을 혼자 감당하기 힘들었다. 나는 휴대폰을 찾아 카톡 창을 열었다. 언제나 안나가 내게 조잘조잘 자신의 이야기를 털어놓았지만 나는 단 한 번도 안나에게 내 이야기를 한 적이 없었다. 하지만 지금 안나에게 이야기를 해야 할 때라는 걸 느꼈다. 나는 늦은 밤 안나에게 문자를 보냈다.

'나에게도 출생의 비밀이 있는 것 같아. 엄마가 아빠에 대한 얘기를 조금 해 줬어. 물론 확실한 건 아니지만.'

안나의 반응은 생각보다 빨랐고 나보다 더 흥분했다.

'어메이징하다! 미쳤어! 네가 출생의 비밀을 가지다니!'

'한별아, 엄마가 네게 무슨 반쪽이 물건 같은 건 안 줬냐? 주몽의 부러진 칼 같은 거! 찾으면 있을 것도 같은데.'

'아빠를 찾았는데, 네 아빠가 재벌이면 어떻게 할 거야? 찾으러 갈 거야? 그때 나랑 같이 가자. 난 어떤 말을 해야 하는지 다 알고 있다니까. 감동적인 멘트들을 다 알고 있다고! 네

아빠는 너의 존재조차 모르고 있으니까 막 들이대면 안 돼. 그 상황을 시뮬레이션하고 가야 한다니까.'

들어오는 문자들마다 다 그런 내용이었다.

나는 조금 후회가 되었다.

'자세한 건 내일 점심시간에 해 줄게. 대신 비밀 지켜 줘.'

나는 문자를 보내고 이야기의 진실이 무엇인지 혼자 고민하다 늦게 잠들었다.

예상과 달리 엄마가 나보다 일찍 일어났다.

아침에 일어난 엄마는 전과 같았다. 머리가 너무 아프다고 말하면서 숙취 해소를 위해 콩나물국을 끓였다고 말했다.

"한별아, 국이 좀 싱겁니?"

"아니, 맛있어."

엄마는 내 말에 고개를 끄덕였다. 하지만 자꾸만 날 흘끔거리며 쳐다봤다.

"저기, 별아, 엄마가 어제 뭐 실수한 것 있니? 엄마가 그렇게 술을 많이 마신 게 처음이어서 잘 생각은 안 나는데 혹시 네게 무슨 쓸데없는 소리나, 뭐 그 비슷한 이상한 짓 한 건 없었니?"

엄마는 내 눈치를 보며 조심스럽게 물었다.

"왜 없었겠어!"

나는 부러 짜증을 섞어 큰소리로 대꾸했다.

"혼자서 뭐라고 중얼중얼하며 얼마나 수다스럽게 말을 했는지 몰라. 근데 혀가 너무 꼬부라져서 무슨 말인지 알아들을 수가 없었어. 그니까 못 먹는 술 좀 그만 마셔."

엄마는 내 말에 안심이 되는지 그제야 편하게 콩나물 국물을 떴다. 나는 시계를 보다 서둘러 가방을 챙겨 일어났다.

"엄마, 나 학교 갈게."

나는 문 앞에서 엄마에게 인사했다.

"한별아, 학교 다녀오겠다고 해야지. '갈게'라고 하지 말고."

"어, 알겠어. 엄마, 나 학교 다녀올게."

그제야 엄마가 싱긋 웃으며 손을 흔들었다.

나는 학교에서도 줄곧 엄마의 이야기가 머릿속을 맴돌았다. 점심시간에 나는 안나와 약속한 등나무 벤치에 나갔다. 안나는 어디서 구했는지 검은색 선글라스를 끼고 발소리도 없이 내 앞에 나타났다.

"말해 봐. 도대체 어떤 출생의 비밀이야?"

안나는 무슨 첩보 영화 속 비밀 요원처럼 주변 사람의 눈치를 보며 조심스럽게 물었다.

나는 엄마에게서 들은 이야기를 안나에게 들려주며 이 이야기가 엄마가 지어낸 허구의 이야기일지 아니면 실화인지 판단해 달라고 했다. 안나는 내 이야기를 듣자마자 눈빛이 초롱초롱해졌다. 안경테를 손가락으로 올리며 잠시 생각에 잠겼다가 노트를 꺼냈다.

"너 엄마한테 거짓말할 때 말이야, 백 퍼센트 거짓으로 거짓말할 수 있어?"

나는 답을 못하고 고개를 갸우뚱했다.

"그럴 수 있을 것 같지? 그런데 그럴 확률은 낮아. 인간은 거짓말할 때도 다 자신의 지식을 바탕으로 거짓말을 하니까. 예를 들어, 내가 SF 이야기를 지어낼 수 있을까?"

"절대로 못하지. 네가 과학에 대해 아는 게 뭐가 있냐? 그건 불가능해."

나도 모르게 고개를 저으며 답했다.

"흥, 뭐냐, 듣고 보니 기분이 이상하게 나빠지네. 하지만 인정! 사람들은 거짓말을 할 때조차 자신이 아는 범위에서만 칠 수 있어. 작가들도 그래. 드라마 작가들 인터뷰한 것 보면 '이번 작품은 어디를 갔는데 거기서 소재를 얻었고요, 제 주변에 일어난 어떤 사건이 제게 영감을 줬어요'라고 얘기한단 말이야. 작가도 뭘 알아야 쓰지. 당연히 자기가 직접 경험한 일이라면 더 잘 쓰겠지."

나는 안나의 말에 설득되었다. 안나는 확실히 이쪽 방면으로 천재인 것 같다.

"그러니까 엄마의 이야기가 사실일 확률이 높다는 거지?"

"당연하지, 우선 세 대학이 밀집해 있는 대학가의 오십 년 된 갈비 집이란 공간 설정이 이미 너무나 구체적이잖아. 거짓말 할 때 그렇게 세부적으로 하기 힘들어. 보통 두루뭉술하게 넘어가지. 남자 얼굴, 업어 준 이야기도 마찬가지고. 인터넷으로 그 가게가 현실에 있는 가게라면 엄마의 이야기가 거짓이 아닐 확률 백 퍼센트라고 본다."

안나는 노트에 엄마가 쓴 낱말들을 쓰면서 별표를 해 주며 설명해 줬다.

나는 용한 점쟁이 앞에 선 손님처럼 고개를 끄덕였다.

"그럼 안나야, 이 이야기 속 남자는 왜 안 왔을까?"

내 질문에 안나는 노트에 '전형적 배신 남주'라고 썼다.

나는 고개를 갸웃거렸다.

"이건 뭐 볼 것도 없어. 여주가 배신당하는 가장 전형적인 이야기니까. 봐봐, 여기서 여자는 고아야, 이런 설정은 너무 흔하잖아. 남자는 부잣집 도련님처럼 생겼다잖아. 그럼 누가 반대할까, 바로 남자 쪽 부모지. 그 부모들이 그 여자와의 연애와 결혼을 결사반대하며 아들을 괴롭혔을 가능성이 커. '어디 부모도 모르는 근본도 없는 아이와 결혼하려는 게냐! 이 어미가 정녕 죽는 꼴을 보고 싶은 게냐! 너는 이미 정혼할 아이가 따로 있다!' 막 그런 대사를 읊었겠지. 그리고 굴복하는 아들. 멀리서 자신을 기다리는 여인을 두고 고급 외제 차 안에서 울다가 마침내 떠나는 심약한 부잣집 도련님! 나는 그거라고 본다."

안나는 자신이 쓴 낱말에 밑줄 긋기를 하다가 마침내 펜을 내려놓으며 결론지었다.

"그럼 우리 아빠가 우리나라 어딘가에, 아니 같은 서울 하늘 아래 있을 가능성이 큰 거네."

나는 혼이 나간 것처럼 중얼거렸다.

"당근이지. 너의 존재에 대해 알게 된다면 이 이야기는 완전 드라마틱해지는 거야. 남자가 옛 생각에 빠지고 옛 연인에게로 돌아가는 일도 있으니까. 이런 캐릭터를 보통 드라마나 웹소설 전문용어로 후회 남주라고 하지. 이런 후회 남주들은 고구마 캐릭터가 많아. 시청자에게 물 없이 고구마를 막 백 개 먹이는 캐릭터거든. 현재 아내와 과거 연인 사이에서 방황하면서 욕먹는 캐릭터니까. 아니면 반대로 악역이 되어 돌아올 때도 있어."

"악역?"

나는 겁먹은 표정으로 안나를 보며 되물었다.

"응, 들어 봐 봐. 다른 여자랑 결혼했는데 애가 없네. 그래서 대를 이를 아들이 필요한데 그때 자신도 모르는 아들의 존재를 알게 된 거지. 그래서 옛 연인을 찾아가 내 아이를 돌려줘.

막 이러는 거지. 강제로 아이를 뺏어가려고 여주를 막 괴롭히기도 하고 말이야."

안나는 혼자서 신나게 떠들다 갑자기 조용해졌다. 내 표정이 굳어진 걸 눈치챘나 보다.

"아니, 그게 드라마에서 그렇다는 거야. 진짜 네 얘기가 될 거란 건 아니고. 무슨 말인지 알지? 내 말을 제대로 이해한 거지? 드라마는 드라마일 뿐이고!"

안나는 두 손을 저으며 나를 진정시키려고 애썼다.

"네가 말하는 게 무슨 말인지 이해했어."

나는 걱정하는 안나에게 진심으로 이해했다고 말했다. 하지만 난 두려움에 떨고 있었다. 내게 아버지는 판도라 상자 같은 존재가 되었다. 안나 말이 맞을 수도 있다. 혹시 모르는 일이니까. 내 존재가 아버지의 귀에 들어갔다가 엄마와 생이별을 당할 수도 있다. 나도 TV에서 그런 걸 봤었다.

드라마 덕후인 안나가 그렇다면 그런 거다. 드라마도 현실을 바탕으로 쓰니까 그럴 수 있다. 나는 고민에 빠졌다. 어쩌면 엄마가 이래서 내게 아빠의 존재를 숨기려고 했을 거라는 생각도 들었다. 나는 수업하는 동안에도 착한 아버지와 나쁜 아버지를 번갈아 상상했다.

그런데 이상하게 자꾸만 생각이 나쁜 쪽으로 흘렀다. 나는 갑자기 엄마가 나에게 해 준 이야기가 다 거짓말이길 바라는 마음이 되었다. 나는 인터넷으로 엄마가 알바를 했다는 가게를 검색해 보았다. 엄마가 이야기한 대학가 그리고 오래된 전통의 갈비 집이 떡 하니 나왔다. 이 가게는 실존하는 가게였다. 그렇다면 엄마의 이야기는 진실일 확률이 더 높다. 그렇다면 나쁜 아빠의 존재 확률도 더 높아진 거다. 내 두려움의 게이지도 급상승했다. 혹시 내 존재를 알고 누군가 찾아와서 엄마에게서 나를 뺏어 가려고 하면 어쩌지? 그래서 낯선 가족들 사이에서 자라게 될까 봐 겁이 났다.

이상하게 온종일 아무것도 할 수 없었다. 수업도 대충 들었다. 축구도 하지 않았다. 뛰고 싶은 마음이 사라졌다. 나는 온종일 엄마의 잠꼬대 같은 말을 떠올리며 아빠에 대해서 생각했다. 아빠는 어떤 사람이었을까? 엄마 말 속에서 아빠는 나쁘게 그려지지 않았다. 그런데 어째서 둘은 함께하지 못했을까? 어떤 이유로 나는 아빠 없이 태어났고 엄마는 혼자 힘들게 나를 키우게 되었을까? 그리고 왜 엄마는 그 사실을 말해 주지 않고 지금껏 숨겨야 했을까? 내가 알면 충격받을 만큼 나쁜 어떤 일이 숨겨진 건 아닐까? 혹시 난 엄마가 원치 않은 아이였을까, 난 어쩔 수 없이 태어난 존재일까?

도통 감도 잡을 수 없는 내 출생의 비밀 탓에 나는 혼란스러워 머리를 감싸 쥐었다. 나는 바로 안나에게 문자를 했다.

'보통 드라마에서 선한 사람이 연인을 배신해 나쁜 사람으로 변하는 이유는 뭐야?'

안나의 답이 바로 도착했다.

"새로운 사랑이 나타났을 때!"

피치 못할 사정에 딱 맞는 답변 같았다.

나는 휴대폰을 주머니에 넣었다. 그리고 곧장 일어나 집으로 향했다. 내 궁금증의 모든 답은 엄마가 갖고 있으니까.

가게에 가자 요섭이 엄마가 서빙을 도와주고 있었다. 나는 요섭이 엄마에게 인사하고 재빨리 주방으로 들어갔다.

"오늘은 왜 이렇게 늦었어? 전화도 안 받고! 엄마가 걱정했잖아."

엄마가 어느 때보다 더 나를 꽉 안으며 말했다. 그리고 곧 튀김 요리를 했다. 나는 엄마를 물끄러미 봤다.

"왜? 엄마한테 할 말 있니?"

"아니야."

난 얼버무리며 싱크대에 쌓인 그릇을 설거지하기 시작했다. 일이 다 끝나고 얘기해도 늦지 않다. 나는 나의 궁금증을 잠시 더 마음속에 숨겨 놓기로 했다.

"언니, 정말 고마워요. 이거 요섭이랑 같이 드세요. 금방 튀겨서 맛있을 거예요."

엄마는 튀김을 포장해서 요섭이 엄마에게 주었다.

"어머, 맛있겠다. 그리고 아까 내가 얘기한 것 잘 생각해 봐. 기회도 왔을 때 잡는 거야."

요섭이 엄마는 알쏭달쏭한 말을 남기고 가게를 나섰다.

엄마는 가게 밖까지 요섭이 엄마를 배웅해 줬다. 요섭이 엄마 손을 잡고 또 뭐라고 소곤소곤 얘기까지 나누고 들어왔다.

엄마는 한껏 행복한 미소를 지으며 주방으로 왔다. 나는 무슨 일인지 궁금했지만 갑자기 손님들이 많아져서 물을 타이밍을 놓쳐 버렸다.

우리는 잘 짜인 한팀이었다. 나는 손님들의 다양한 주문을 척척 받았고 엄마는 엄청나게 빠른 손놀림으로 음식을 만들어 냈다. 음식이 나오면 나는 잽싸게 테이블로 서빙했다. 아무리 생각해도 엄마와 나는 환상의 콤비다.

손님이 모두 간 후에 나는 간단한 저녁상을 앞에 두고 밥을 먹었다. 엄마가 냉장고에서 사이다를 꺼냈다.

"한별아, 엄마랑 건배하자!"

엄마는 내 컵에 사이다를 따르며 말했다.

"왜 오늘 뭐 좋은 일 있어?"

"그래, 이게 다 요섭이 엄마 덕이야. 요섭이 엄마가 예전에 광고 홍보 회사에 있었대. 이번에 그때 알고 지낸 후배 PD가 '생방송 맛집 탐방'이란 프로그램의 PD가 되었는데 그 PD한테 엄마 가게를 소개했다는 거야. 맛을 보장한다고 하면서. 그래서 곧 담당 PD가 우리 가게에 온대. 잘하면 우리 가게가 전국 방송에 나갈 수도 있어! 진짜 엄청난 기회야."

나는 엄마의 말에 기뻐해야 하는데 순간 정신이 멍해졌다.

아주 짧은 순간 기쁨보다 어떤 불길함이 느껴졌다. 혹시 우리 방송을 보고 나쁜 아빠나 아빠 주변 사람들이 알아보고 찾아오면 어쩌지 그래서 나와 엄마를 괴롭히면 어떻게 될까, 그 걱정부터 들었다.

"엄마, 그거 안 하면 안 될까?"

엄마는 내 말에 잠시 멍한 표정을 지었다.

"아니, 지금도 손님이 많은데 거기서 더 많아지면 엄마도 힘들고 나도 힘들고 그러면 엄마가 병날 수도 있고⋯⋯."

나는 핑곗거리를 찾아서 대충 변명하듯이 말했다.

"나는 또 뭐라고. 괜찮아. 엄마가 아르바이트생 더 많이 쓰면 되지. 엄마는 돈 많이 벌어서 좋은 집도 사고 우리 아들 좋은 학원에도 보내 주고 책도 많이 사 주고 싶어. 그리고 이제 중학생 되면 해야 할 공부도 많아질 텐데 엄마가 계속 가게에서 부려 먹을 수는 없지. 곧 그만두게 할 생각이었어. 그러니까 걱정하지 마."

엄마가 환한 미소를 지으며 사이다를 한 번에 쭉 마셨다. 엄마는 "아, 시원해" 하며 마셨지만 나는 가슴이 타들어 갔다.

"엄마, 나는 우리 가게가 유명해지는 거 싫어. 그게 무슨 소용이야."

엄마는 내 말에 잠시 아무 말도 하지 않고 내 눈을 깊이 들여다봤다.

"엄마, 그냥 지금처럼 살자. 혹시 방송 보다가 나쁜 사람들이 찾아오면 어떻게 해?"

"나쁜 사람? 찾아올 사람? 그게 누군데?"

나는 더는 감출 수가 없어 소리쳤다.

"누구긴 누구야, 엄마 버리고 간 나쁜 남자지!"

엄마가 사이다 병을 든 채 정지 화면처럼 가만히 있었다. 오랜 침묵 후에 엄마가 입을 열었다.

"아빠가 나쁜 사람일 것 같아?"

나는 고개를 끄덕였다.

"그랬구나. 그럴 수도 있겠다. 엄마가 말을 안 했으니까."

엄마가 쓸쓸함이 배어나는 목소리로 말했다.

"우리 이제 집으로 올라갈까?"

우리는 방으로 곧장 들어가지 않고 엄마가 목공 기술을 배우고 처음 만든 나무 벤치에 나란히 앉았다. 가을 하늘에 예쁜 노을이 지고 있었다. 곧 어두워질 것이다.

"별아, 엄마가 너무 늦게 말해서 미안해. 엄마가 용기가 없어서 그랬어. 이제는 너도 컸으니까 솔직하게 말해도 될 것 같아."

엄마는 내가 궁금해하는 뒷이야기를 꺼내 놓았다.

"그날은 참 추운 날이었어. 아무리 기다려도 오지 않아서 아빠에게 전화를 했어. 예전엔 세 번이 울리기도 전에 전화를 받았는데 그날은 아무리 신호가 가도 전화를 받지 않았어. 무슨 일이 생긴 게 분명한데 알 수 없어서 너무 속상했어. 엄마는 다음 날에나 알게 되었어. 아빠가 엄마와 약속을 지키기 위해 급히 자동차를 몰고 나오다가 교통사고가 났다는 걸. 엄마는 정신을 잃을 것 같았어. 장례식장에 갔는데 그곳에서도 아빠의 마지막 모습을 볼 수 없었어. 그 사람 어머니가 나를 못 들어오게 해서. 나를 향해 소리를 지르고 화를 냈어. 내 아들 살려 내라고, 이게 다 너 때문이라고. 엄마는 그 말에 머리를 한

대 맞은 것처럼 멍했어.

　그 사람이 막 퇴근하고 들어오는 길이었대. 아빠가 대학 졸업하자마자 취업이 되었거든. 그때도 아빠는 엄마가 일을 끝내면 늘 집까지 데려다 줬었어. 엄마의 일터가 엄마 집에서 좀 멀었거든. 우리에겐 그 시간이 데이트 시간이기도 했었고. 그날도 그런 날 중에 하루였어, 엄마는 그날 일이 좀 일찍 끝났어. 그래서 전화를 했어. 한 시간 정도 일찍 끝난다고. 그게 문제였던 것 같아. 엄마가 전화를 안 했으면 좋았을 텐데. 그 전화를 받자마자 그 사람이 외출 준비를 했대. 그러니까 그의 어머니가 좀 쉬다가 천천히 가라고 말렸대. 퇴근해서 저녁도 안 먹고 나가려고 하니까, 아마 내가 그 사람 엄마였더라도 그랬을 거야. 그런데 어머니 말을 듣지 않고 바로 나갔다더라. 다정이가 밖에서 기다린다고, 다정이는 추위에 약해서 감기 걸릴 수 있다고 빨리 가야 한다고 했대.”

　엄마는 잠시 머리를 숙여 엄마의 발등만 내려다보았다.

　“엄마가 그날 전화만 하지 않았어도 그 사람이 그렇게 될 리가 없었을 텐데. 엄마는 아직도 그 시간으로 계속 돌아가곤

해. 지금도 그래. 내가 전화하기 일 분 전으로만 돌아갔다면 어땠을까, 그래서 오늘은 혼자 가겠다고 말했다면 아니면 아예 전화를 안 했다면 그 사람이 죽지 않았을 텐데⋯⋯."

그리고 엄마는 고개를 들어 나를 봤다.

"한별아, 네게 아빠를 뺏은 건 다름 아닌 나였어. 엄마가, 엄마가 그래서 말을 못 꺼낸 거야. 네게 너무 미안해서."

엄마의 눈에서 눈물이 차올랐다. 엄마는 다시 고개를 숙였다. 눈물이 바닥으로 뚝뚝 떨어졌다.

누군가 내게 뒤통수를 때린 것만 같았다. 엄마에게 이렇게 힘든 일이 있었을지 상상도 못했다. 난 엄마 탓이 아니라고 말해 주고 싶었다. 하지만 말하다 눈물이 쏟아질 것 같아 말을 할 수 없었다. 엄마는 지금까지도 그런 생각으로 힘들어했다는 것이 믿기지 않았다. 저렇게 엄청난 비밀을 가슴에 품고 엄마는 어떻게 살 수 있었을까? 나는 엄마의 마음을 가늠할 수 없었다.

"아빠가 죽었다는 말에 심장이 바닥으로 떨어지는 것 같았어. 앞이 깜깜해졌어. 눈이 먼 것처럼. 엄마는 어떻게 해야 할지 몰랐어. 열여덟 살에 만나서 그 사람이 군대를 다녀오고 졸업해서 직장에 취업할 때까지 거의 칠 년 동안 엄마한테는 오직 그 사람뿐이었거든. 우리는 곧 결혼할 사이였어. 우리는 만나면 어느 동네에서 신혼집을 구할지 어떤 예식장에서 결혼할지도 상의하곤 했지. 내겐 하루하루가 다 행복한 나날이었어.

아빠와 만났던 마지막 날이 아직도 생생해. 회식으로 술을 먹었는데도 나를 데리러 왔었어. 같이 전철을 타고 왔어. 날 데려다주고 육교 아래에서 인사했지. 대학생 때부터 언제나 그 계단에서 헤어졌었어. 날 바래다주고 발걸음이 잘 떨어지지 않는지 늘 뒤를 돌아보고 '다정, 다정, 한다정, 사랑해!' 하며 한 칸 한 칸 느리게 올라갔었거든. 그런데 이상했어. 그날은 처음으로 '다정아, 안녕'이라고 말하는 거야. 그렇게 말하고는 돌아보지 않고 그냥 빠르게 계단을 올라가 버렸어. 엄마가 '뒤 돌아보아라'라고 텔레파시를 보내도 소용없었어. 마지막 계단 꼭대기에 올라가서도 그 사람은 날 돌아보지 않았어. 발걸음조차 멈추지 않고 말이야. 막차 시간 때문이었는지 아니면 어떤 다른 이유였는지 도저히 가늠이 가지 않았지. 지금 생각해 보면 그게 이별의 징후였던 것 같아. 운명이 엄마에게 전하는.

그가 죽고 나서 엄마는 잠들 수 없었고 매일 울면서 보냈어. 그때 또 처음 안 게 눈물이 흐르는 게 아니라 쏟아진다는 걸 알게 되었지. 어디에서 그렇게 눈물이 나오고 또 나오는지. 그러고 보니 그 사람은 정말로 내게 많은 걸 처음으로 가르쳐 준 사람이었네. 사랑도 이별도 눈물도. 빨간머리 앤은 길버트랑 해피엔딩으로 끝났는데 한국의 고아인 나는 새드엔딩으로 끝났어. 엄마는 앞으로의 인생 역시 슬픈 결말이 될 것 같아서 삶을 포기하려고 했어. 삶의 의욕이 깡그리 사라졌으니까. 그런 시간을 보내던 와중에 엄청난 일이 엄마 몸에 생겼다는 걸 알게 되었어. 바로 네가 엄마한테 왔다는 걸 말이야."

엄마는 고개를 들어 나를 봤다.

"엄마 놀랐겠다. 아주 많이."

나는 낮은 목소리로 대꾸했다.

"그래, 놀랐지. 아주 많이."

엄마는 나의 손을 꼭 잡으며 말했다.

"근데 한별아, 엄마는 기뻐서 놀랐던 거야. 병원에 가서 너의 심장 소리를 처음 들었을 때 경이로웠어. 너는 엄마에게 힘찬 심장 소리로 '나 여기 있어요, 엄마는 혼자가 아니에요.'라고 말해 줬지. 그 소리를 듣고 한 번 더 살아 봐야겠다고 결심했어. 엄마는 다시 혼자가 되었지만 네가 있어서 그 시간을 견딜 수 있었던 거야. 그 사람 닮은 너를 갖게 된 것이 운명이구나, 나를 살리려고 그 사람이 보낸 마지막 선물이라는 생각도 들었어. 엄마는 만삭이 되어서도 열심히 일했어. 겨울이 오기 전에 다람쥐가 도토리를 가득가득 모아 두듯이 엄마도 정말 열심히 일해서 돈을 모았어. 그렇게 조금 더 넓은 집을 장만하고 네 앙증맞은 배냇저고리와 아기용품을 사 두었어. 그렇게 열 달이 지나 네가 태어났어. 처음으로 너를 안았을 때 엄마는 가슴이 너무 벅차서 나도 모르게 눈물이 막 나더라. 하지만 또 너를 아빠 없이 키워야 하니까 그게 또 엄마 잘못으로 그렇게 된 것 같아 죄책감 때문에 또 눈물이 나고 그랬지. 하지만 엄마 인생에서 너는 엄마의 기쁨 그 자체였어. 너 때문에 슬퍼서

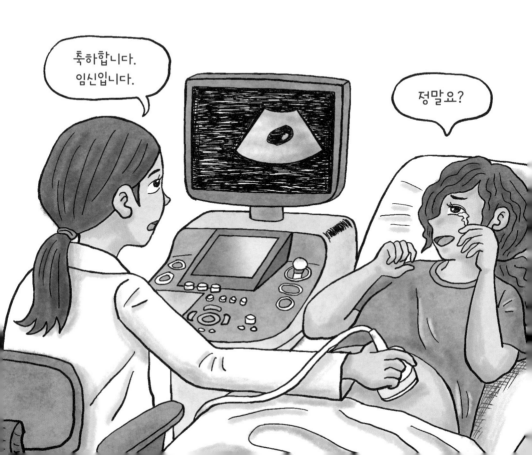

운 적은 단 한 번도 없어. 단 한 번도. 네가 울어도 예뻤고 웃으면 사랑스러웠어! 그 작고 작은 손과 발이 앙증맞고 엉덩이도 포동포동해서 귀여웠어. 넌 엄마가 낳은 행성 같았어. 그래서 네 이름이 별이 된 거야. 영원히 사랑할 엄마의 별!"

어둠 속에 감춰둔 엄마의 이야기가 내게 전해지면서 나의 출생의 비밀이 밝혀졌다. 나는 이제 온전한 아버지를 갖게 되었다. 그것도 엄마를 지극히 사랑한 아빠를.

엄마는 나를 낳고 날 잃을까 봐 두려움에 떨었던 이야기도 했다. 겁이 너무 많이 나서 유치원에 갈 때도 "안녕!"이나 "잘 가!"라는 말을 못했다고 했다. 아빠처럼 다시 돌아오지 않을까 봐 무서워서 언제나 "잘 다녀와!"라는 말만 했다는 이야기를 해 주었다.

나는 그제야 엄마의 행동들이 이해가 되기 시작했다. 그래서 엄마는 내가 학교에서 돌아올 때마다, 나를 그렇게 반갑게 안아 준 거였다. 겉으로는 씩씩하고 명랑한 척 다했으면서 마음속엔 언제나 두려움이 가득했다는 걸 알게 되었다. 엄마가 이처럼 겁을 먹고 산 이유가 다름 아닌 나 때문이라는 것도 처음 알게 되었다.

나는 엄마의 손을 꼭 잡아 주었다. 엄마가 이제 더는 두려워하지 않았으면 좋겠다고 생각하며. 엄마도 싱긋 웃으며 내 손등을 가볍게 두드려 주었다.

엄마와 나는 벤치에 오랫동안 앉아 점점 어두워지다 까맣게 밤이 되는 풍경을 함께 바라봤다. 까만 밤하늘에 작은 큐빅 같은 별들이 떴다. 저 별 중에 아빠가 있을지 몰랐다. 나는 마음속으로 인사했다.

'아빠, 안녕! 나는 아빠 아들, 한별이야. 아빠, 하늘에서 엄마 좀 잘 지켜봐 줘. 지상에선 내가 엄마를 지켜 줄 테니까.'

내 목소리를 들었을까, 아주 작은 별 하나가 반짝반짝하며 인사했다.

엄마의 생일날이 왔다.

나는 제법 큰 이탈리안 레스토랑에 예약 전화를 해 두었다. 엄마가 그동안 내게 준 용돈이 두둑했기 때문이다. 나는 엄마에게 멋진 와인도 한 잔 사줄 거다. 그 레스토랑은 전철로 세

정거장 거리에 있었다. 나는 엄마와 함께 전철을 타기 위해 육교로 향했다. 육교에 도착해서 나는 날쌔게 계단을 올라갔다. 그리고 엄마를 향해 소리쳤다.

"엄마, 올라오지 말고 거기 있어 봐. 절대 올라오면 안 돼!"

엄마는 계단 아래에서 멈칫거리며 고개를 쭉 빼고 날 쳐다봤다.

나는 계단을 오르며 엄마에게 문자를 보냈다.

'엄마, 마음속으로 내 이름을 불러 줘.'

엄마에게서 바로 문자가 도착했다.

'마음속으로 한별아! 하고 불렀어.'

'아니 문자로 말고 그냥 나에게 텔레파시를 보내 줘. 눈 감고 말이야.'

나는 엄마의 텔레파시를 받기 위해 온 신경을 곤두세웠다.

"한별아!" 하고 부르는 엄마의 목소리가 들리는 것 같다.

나는 계단 꼭대기에 도착했다.

그리고 뒤를 돌아 외쳤다.

"다정, 다정, 한다정 엄마, 사랑해요!"

엄마가 놀라서 입을 벌린 채 나를 바라봤다.

나는 다시 큰소리로 외쳤다.

"엄마, 생일을 축하해! 태어나 줘서 정말 고마워!"

지나가던 주변 사람들이 크게 웃으며 손뼉을 쳐 주었다. 계단을 올라오는 사람들이 엄마를 향해 생일 축하한다는 말도 전했다. 엄마는 빨개진 얼굴을 두 손으로 감쌌다. 나는 다시 엄마가 있는 계단 아래로 잽싸게 내려갔다.

엄마가 두 팔을 벌려 나를 기다리고 있었다.

'엄마, 나는 엄마를 혼자 두고 떠나는 일은 안 할 거야. 절대로! 그러니까 겁내지 말고 나랑 같이 씩씩하게 살자.'

나는 엄마의 몸을 꼭 안아 주었다.

엄마 몸에서 향긋한 향이 났다. 평생 맡고 싶은 향기였다.

요섭 이야기

요즘 안나와 한별이가 서로 썸 타는 것처럼 보인다.

학교에서 나 몰래 둘이서만 속닥속닥하는 일이 많아졌다. 둘은 무슨 심각한 이야기를 하는지 안나의 얼굴이 보기 드물게 진지해 보였다. 안나는 웬만해선 그렇게 진지한 표정을 짓는 경우가 없었기 때문이다. 한별이와 무슨 얘기를 나누는지 안나는 한별이의 말을 노트에 적기까지 했다. 그러다 또 점심시간에 둘이 어디론가 사라져 버렸다. 나는 기분이 언짢아졌다. 그것도 아주 많이!

나는 안나를 좋아한다. 물론 한 번도 티 낸 적은 없다. 오히려 좋아한다는 걸 들키지 않으려고 노력했다. 하지만 어떤 때는 '임금님 귀는 당나귀 귀'라고 외치던 사람처럼 나도 "안나야, 난 널 좋아해!"를 말할 수 없어서 답답하기도 하다. 그리고 가끔은 안나가 내 마음을 먼저 알아주면 좋겠다는 생각이 들 때도 있다. 그렇게 드라마를 많이 보는 아이라면 내 마음을 눈치챌 만도 한데 도대체 왜 현실에선 이렇게 감이 없는지 이해할 수 없다. 나는 안나가 좋아하는 드라마의 남자 주인공이 아니라 옆에서 짝사랑하는 지질한 남자 조연이 된 것 같았다.

안나를 좋아하기 시작한 건 솔직히 얼마 되지 않았다. 두 달 전, 체험 학습으로 숲 생태 기행을 갔을 때다. 안나는 무슨 공상에 빠졌는지 혼자서 엉뚱한 길로 들어갔다. 나도 모르게 안나를 뒤따라갔다. 하지만 안나는 더 깊은 숲으로 들어가기만 했다. 나는 걱정되어 크게 "조안나!" 하고 불렀다. 그러자 아주 작고 하얀 얼굴의 안나가 찰랑거리는 긴 머리를 휘날리며 나를 돌아보았다. 짙은 초록 숲을 배경으로 서 있던 안나가 그날따라 너무 예뻤다. 나는 멀뚱히 안나를 쳐다보고만 있었다. 안나가 "왜?"라고 물었을 때 내 마음과 달리 엉뚱한 말만 튀어나왔다.

"선생님이 자리에 없는 애들 찾아오랬어."

안나와 길을 되짚어 걸어 나가는데 가슴이 갑자기 쿵쾅거렸다. 달리지도 않고 그냥 나란히 안나와 걸었을 뿐인데 자꾸만 가슴이 뛰었다.

그날 이후로 내 눈이 이상해졌다. 안나가 어디에서나 보였다. 아니 내 눈이 어디를 가든 안나를 찾았다. 너무나 이상한 일이었다. 그전에는 그냥 안나였고 나에게는 있으나 없으나 별 존재감이 없는 아이였는데 그날 이후로 안나가 무엇을 하든 내 눈에 띄는 아이가 되었다. 그리고 예전에는 전혀 몰랐던 안나의 모습들이 보이기 시작했다. 안나가 밝게 웃을 때 눈이 반달처럼 휘어진다는 것과 왼쪽에만 보조개가 생기는 것, 뭔가 집중할 때는 멍 때리는 듯한 표정으로 변한다는 것, 수학 문제를 풀 때 유독 왼쪽 다리를 달달 떤다는 것과 문구점을 그냥 지나치지 못해서 언제나 필기구 중 하나를 골라서 사 온다는 것을. 최근에 하나 더 알게 된 건 마카롱 가게에서 마카롱을 고를 때 항상 분홍색만 고른다는 것이다. 이 모든 게 안나를 좋아하면서 알게 된 것들이다.

지금 청소 시간인데도 안나가 눈에 보이지 않는다. 한별이도 없다. 그걸 확인하자 그냥 기분이 이상해졌다. 종례 시간이 다 되어서야 둘은 들어왔다.

"집에 가서 앱에 '공개수업'에 대한 공지 사항 올렸다고 부모님께 알려드려라. 공지 사항을 안 보시는 학부모님들이 너무 많거든. 알겠지?"

나는 선생님 말씀에 큰 소리로 "네!"라고 대답했다. 하지만 엄마에게 전해 줄 일은 없다. 난 엄마의 휴대폰에서 학교 앱을 지워 버리고 싶은 심정이니까.

집으로 돌아가는 길에 나는 슬쩍 한별이네 떡볶이 가게 안을 살폈다. 혹시 안나랑 한별이가 같이 있지 않을까 해서다. 하지만 사람이 너무 많고 대기 줄까지 있어서 그 안을 제대로 볼 수조차 없었다. 방송을 타더니 좁은 주차장 외에도 우리 동네 골목 이곳저곳에 주차된 차들이 많아졌다. 우리 동네에서 보기 드문 값비싼 차종의 차도 보였다. 입소문이 다른 동네까지 많이 났나 보다. 나는 안나가 있는지 살펴볼 수 없어 발길을 돌렸다.

"애야, 여기가 텔레비전에 나온 그 유명한 떡볶이집이 맞니?"

검은색 선글라스를 쓴 아저씨가 고급 차에서 내리며 물었다.

"네, 맞아요."

아저씨는 대기 줄에 서지 않고 창을 통해 가게 안을 기웃거렸다. 아무래도 손님이 얼마나 많은지 알아보려 그러는 것 같았다. 손님들이 먼 곳에서 찾아올 정도면 한별이네가 부자가 되는 건 시간문제일 것 같다.

"학교 다녀왔습니다!"

아파트 현관문을 열자마자 신나는 노래가 내 목소리를 삼켜버렸다. 팝송 '핸드클랩(Handclap)'이 귀가 먹먹할 정도로 크게 들렸다. 엄마는 요즘 다이어트 동영상에 빠져 산다. 몇 달 전엔 요가 동영상을 보며 요가를 했고 그 전엔 스트레칭 체조에 빠져 살았다. 이번엔 다이어트 댄스 동영상에 꽂혀 있다.

예상한 대로 엄마는 그 노래에 맞춰 춤을 추고 있었다. 분명 동영상 속 강사의 춤은 멋진데 엄마는 누구를 따라 하는 건지 동영상 속 춤과는 완전히 다른 엄마만의 춤을 추고 있었다. 딱 달라붙는 레깅스 복장을 하고 소형 트램펄린 위를 뛰는 모습이 마치 개구리 같았다. 나를 웃기기 위해 엄마가 이렇게 몸 개그를 하는 것은 절대로 아니다. 얼굴을 보면 완전 진지하기 때문이다. 그래서 더 웃기다. 처음 엄마가 도전했던 건 줌바댄스였다. 어찌나 웃기게 춤을 추는지 아빠와 나는 처음엔 배를 잡고 웃었다. 그런데 이것도 자주 보니 웃음도 나오지 않았다. 이제는 그냥 주책바가지 아줌마처럼 보일 뿐이다. 누가 엄마의 이런 우스꽝스러운 춤을 볼까 봐 나는 베란다 블라인드를 내리곤 했다. 엄마는 얼마나 춤에 몰입했는지 내가 한참 동안 뒤에서 가만히 지켜보고 있어도 몰랐다.

"엄마, 저 왔다고요!"

나는 음악 소리를 이기기 위해 큰 목소리로 엄마를 향해 소리쳤다.

"어머나, 우리 아들 왔어?"

엄마가 내 목소리를 듣자마자 트램펄린 아래로 내려왔다. 두

팔을 벌려 안아 주려고 해서 나는 몸을 피했다. 땀에 젖은 축축한 엄마의 몸이 내게 닿는 게 너무 싫어서 그랬다.

"엄마, 음악 소리 좀 줄여 주세요. 다른 집에서 뭐라고 안 해요?"

"괜찮아, 윗집 아랫집은 맞벌이 부부라 지금 이 시각엔 아무도 없어. 우리 아들 이거 한 잔 쭉 마셔!"

엄마가 식탁으로 가더니 나에게 보라색 음료를 건네며 말했다.

"이게 뭐예요?"

나는 진하게 간 음료를 흔들어 보이며 물었다.

"아, 이거 있잖아. 건강 음료야. 아로니아라고 안토시안 성분이 포도보다 어마어마하게 높고 면역력에도 좋대. 어서 쭉쭉 마셔! 서양에선 이게 우리나라 인삼처럼 보양 음료래."

엄마가 땀을 닦으며 내게 어서 먹으라는 듯 계속해서 날 보고 있었다.

"어휴, 맛이 좀 이상해요."

내가 인상을 쓰며 말했다.

"그 정도로 뭘, 엄마는 이것도 먹는데."

엄마는 흑염소가 그려진 팩을 꺼내며 내게 흔들어 보였다. 그리고는 곧장 컵에 따라 꿀꺽꿀꺽 흑염소를 아니 흑염소 진액을 마셨다. '헉', 나는 얼굴을 찌푸렸다. 역한 냄새가 확 풍겨왔기 때문이다.

"맛 좋다. 한결 건강해진 느낌이야."

엄마가 입을 닦으며 나를 보고 씩 웃어줬다.

'으윽, 말도 안 돼'

엄마는 진짜 별걸 다 먹는다. 지난번엔 붕어가 그려진 걸 먹더니…… 저러다가 언젠가는 지네나 전갈 같은 이상한 그림이 그려진 것까지 먹을까 봐 걱정이다. 엄마는 건강에 대한 집착이 너무 심하다. 도대체 엄마는 왜 저렇게 건강식품에 빠져있는지 모르겠다. 지난번엔 한 달 동안 단호박 주스만 먹었고 며칠 전 TV 방송에서 가지가 몸에 좋다고 하자 가지나물만 몇 날 며칠 먹었다. 의학정보 프로그램에서 고구마가 좋다고 할 때는 우리 집은 내내 고구마만 먹어서 배에 가스가 차서 혼났다. 가족 셋이 여기저기서 방귀를 뀌어대며 서로를 놀려댔다.

엄마는 유별나게 이쪽으로는 귀가 얇아서 홈쇼핑 채널에서 하는 건강 음료, 건강식품을 보면 금방 주문을 했는데 항암 효과가 있다는 말을 들으면 두 번 고민도 안 하고 샀다. 택배 상자가 도착하면 아빠와 나는 그걸 또 같이 먹어야 해서 서로 한숨을 쉬곤 했다.

"참 우리 아들, 오늘 전달 사항 없었니? 뭐 공개수업한다던데?"

엄마가 냉장고 문을 열며 내게 물었다.

"누가 그래요? 잘 모르겠는데요. 알림장 앱 봤어요?"

나는 뜨끔했지만, 모르는 척 말했다.

"아니, 안나 엄마랑 얘기하다 알았지. 엄마들이랑 얘기하다 보면 학교 일정 얘기도 다 나오니까."

나도 모르게 "헐!" 소리가 났다. 엄마들의 정보 교환은 내 생각보다 매번 더 빠르다. 엄마를 학교에 오지 못하게 하고 싶었는데 이번에도 실패할 것 같다. 나는 축구공을 챙겨 밖으로 나갔다.

저녁에 집에 들어오자 거실이 여기저기 널브러진 옷 때문에 난장판이 되어 있었다.

"엄마, 지금 뭐 해요? 도둑 든 줄 알겠어요."

"어, 옷장이랑 서랍장 뒤지다가 내친김에 옷 정리하고 있었어. 다음 주 학교 갈 때 뭐 입고 갈까 고민하다가 하나씩 꺼내다 보니 그렇게 됐네. 요섭아, 엄마 옷 좀 골라줘라."

"그냥 대충 입고 가요. 귀찮아요."

중얼거리는 내 목소리를 듣지 못했는지 엄마는 아무 대꾸도 없었다. 손을 씻으러 화장실에 갔다가 나오자 엄마는 그새 옷을 갈아입고 안방에서 나왔다.

"요섭아, 엄마 이 옷 어때? 좀 젊어 보이니?"

엄마는 진분홍 원피스를 입고서는 내게 물었다.

순간 나도 모르게 손으로 이마를 짚었다. 내가 아무리 패션에 대해 모른다고 해도 저건 아닌 것 같았다. 엄마 피부색과 매치가 되지 않아서 옷만 둥둥 떠 보였다. 색깔도 너무 요란스러워서 마음에 들지 않았다.

"요섭아, 왜? 별로야? 원피스보다 바지 정장이 나을까? 투피스가 더 나으려나?"

엄마의 물음은 내 대답을 기대하고 하는 말이 아니라 거의 혼잣말에 가까웠다.

"엄마가 제대로 갖춰 입지 않아서 별로였나 보다. 잠깐만 기다려봐!"

엄마는 거실 한 가운데에 신문지를 카펫처럼 깔고 런웨이처럼 만들었다. 잠시 후, 안방에서 옷을 갈아입은 엄마는 모델 흉내를 내며 하이힐을 신고 거실로 나왔다. 본격적으로 엄마의 나 홀로 패션쇼가 시작된 거다. 나는 거실 소파에 앉아 엄마 패션쇼를 지켜보는 관객 역할을 했다. 하지만 곧 깨닫게 되었다. 관객 역할이 쉽지 않다는 걸.

엄마는 단추가 잘 잠기지도 않는 작아진 재킷을 입고 나오기도 했고 누가 거저 줘도 가져가지 않을 만큼 칙칙한 회색 투피스를 입고 나타나기도 했다. 나는 계속해서 고개를 저었다. 그런 나의 반응에도 엄마는 지치지도 않고 새롭게 옷을 갈아입고 나타났다. 나는 낮게 한숨을 지었다. 엄마가 입은 옷은 누가 봐도 유행이 한참 지난 옷들이었기 때문이다.

"엄마, 복고 패션으로 입으시려고 그래요? 그건 좀 아닌 것 같은데요."

내 말에 엄마도 고개를 끄덕이며 수긍했다.

"처녀 시절에 입던 옷이라 좀 그렇지? 그래도 그땐 진짜 비싸게 주고 산 옷이었는데."

엄마의 처녀 시절이면 도대체 몇 년도인지 감도 오지 않았다. 소파 팔걸이에는 그렇게 내게 거절당한 옷들이 산더미처럼 쌓여갔다. 그래도 엄마는 계속해서 시도했다.

"이 옷 어때? 예뻐 보이니? 좀 젊어 보여?"

옷을 갈아입고 나서는 언제나 같은 질문을 했다. 나는 계속해서 고개를 저었는데 그게 잘못되었음을 깨달았다. 이러다간 영영 패션쇼가 끝나지 않을 것 같았기 때문이다.

나는 방법을 바꿔 무슨 옷을 입고 나오든 "좋아요!", "괜찮아요!"를 외쳐야지 결심했다. 솔직히 엄마가 무슨 옷을 입고 나와도 다 비슷해 보였고 그 옷이 그 옷 같았기 때문이다. 엄마가 제일 듣고 싶어하는 젊어 보이냐는 질문에는 솔직히 그렇다고 말할 자신이 없다. 무슨 옷을 입어도 엄마의 나이를 커버

해 줄 수는 없을 테니까.

엄마한테 한 번도 말한 적 없지만 솔직히 말하면 나는 엄마가 학교에 오지 않았으면 좋겠다. 그것이 총회든 공개수업이든 학부모 회의 모임이든 상관없이 말이다. 나는 늙은 엄마의 모습을 남들에게 들키기 싫다. 게다가 다른 엄마들과 달리 엄마는 너무 과하게 선생님에게 친절하게 군다. 무슨 약점 잡힌 사람처럼.

그런데 엄마는 내 맘도 모른 채 너무 자주 학교에 온다. 단한 번도 총회에 빠진 적이 없다. 각종 학교 모임과 아줌마들 모임에도 늘 부지런히 다닌다. 초등학교 저학년 때는 엄마 나이가 많다는 것이 특별한 단점이라고 생각한 적이 없었다. 정확히 말하면 엄마 나이에 대한 생각 자체가 없었다. 그래서 이학년 때 어쩌다 아이들이 사이에 엄마 나이가 나왔을 때 난 아무렇지도 않게 "오십삼 세"라고 말했다. 하지만 아이들의 반응은 완전히 달랐다.

"우와, 엄청나다. 그럼 아빠는 몇 살이야?"

외계인 이야기를 들은 것처럼 아이들은 놀랐다. 그때 나는 눈치가 없어서 그게 나쁜 뜻으로 놀리는 거라는 걸 생각하지 못했다.

"우리 아빠? 우리 아빠는 나이가 더 많아. 오십칠 세야!"

"헐, 너희 아빠랑 엄마는 할아버지랑 할머니다."

친구가 엄마를 할머니라고 말했을 때 기분이 이상했다. 뭔가 잘못된 느낌이었다.

"야, 너희 엄마가 사십오 세, 네 아빠는 사십구 세에 네가 태어난 거잖아. 어떻게 그 나이에도 아기가 생기는 거야? 우리 엄마가 그러는데 여자가 나이가 많으면 아기를 못 낳을 수도 있고 기형아를 낳을 확률도 높아진다고 그랬어."

'기형아?'

나는 그 말에 화가 났다. 내가 어디라도 부족해 보인다는 건가!

"사십오 더하기 사십구는 구십사 세, 우와 그렇게 늙은 사람들이 아기를 낳으면 아기도 완전 늙어서 쭈글쭈글하겠다."

그 옆에 친구가 더 심하게 날 조롱했다.

나는 그때 너무 서러워서 눈물을 터뜨리고야 말았다. '너도

쭈글쭈글했거든! 아기는 원래 태어날 때 다 그렇다고!'라고 말해 주고 싶었는데 울음에 막혀 나오지 못했다. 그때부터 나는 엄마 나이를 친구들에게 말한 적이 없다. 부모님 나이가 나오면 그냥 잘 모른다고 바보처럼 말하거나 나이를 줄여서 친구들에게 말하곤 했다.

"엄마!"

나는 엄마의 뒷모습을 보면서 조심스럽게 불렀다.

"우리 아들, 왜? 이 옷이 좋아 보여?"

엄마가 화려한 꽃무늬 원피스를 입은 채 뒤돌아보며 물었다.

"아니, 그게 아니라. 엄마 이번에는 안 오면 안 돼요?"

나는 엄마의 눈을 피하려고 소파 위의 옷들을 대충 치우는 시늉을 하며 말했다.

"공개수업에 엄마가 안 갔으면 좋겠다는 거야?"

원피스 지퍼를 올리다 말며 엄마가 내게 물었다.

"네."

나는 고개를 끄덕이며 말했다.

"왜? 무슨 일 있니?"

엄마가 동그랗게 커진 눈으로 내게 다가와 물었다. 나는 이번엔 소파 쿠션을 만지작거리며 이번에도 엄마의 눈을 피하며 조심스럽게 말했다.

"아니, 육 학년이나 되었는데 엄마가 학교에 오는 건 좀 그래요."

"뭐가 좀 그래?"

엄마는 내게 더 다가와 호기심 어린 눈빛으로 물었다.

"다른 친구 엄마들은 안 온단 말이에요. 그런데 엄마는 너무 자주 오고……."

나는 뒷말을 얼버무렸다.

그때 엄마의 휴대폰이 울렸다.

"준이 엄마, 응, 그래, 다음 주 공개수업 끝나고 밥 먹는 거 좋지. 그래 어디 좋은 데 알아?"

학교 운영위원회 엄마인 모양이다. 그 엄마는 우리 동네에서 학원을 운영하는 학원장이기도 했다.

"아, 거기? 그래 새로 생긴 이탈리안 레스토랑이 괜찮다고 그러더라. 이번엔 내가 한턱낼게. 자기도 참, 뭐가 미안해. 좋은 모임에 끼워 줘서 내가 더 고맙지. 덕분에 좋은 학원도 소개받고 교육 정보도 많이 알게 되어서 내가 늘 도움받는데 뭘. 내가 뭘 알아야지. 호호호, 그래, 그래 그때 만나."

엄마는 전화를 끊고 다시 거울 앞에서 옷을 갈아입기 시작했다.

"아휴, 나는 양식보다 한식이 최곤데."

엄마가 혼잣말처럼 말했다.

"그럼, 그냥 한식으로 먹자고 그래야지요!"

내가 옆에서 화가 나서 큰 소리로 말했다.

"한 달에 한 번 먹을까 말까야, 고기 먹고 스파게티 먹어도 괜찮아. 그냥 하는 소리지 뭐. 엄마가 밀가루 음식을 먹으면 소화를 잘 못 시키니까."

나는 엄마의 저런 모습이 너무 싫다. 엄마는 바보 같다. 엄마는 내 친구 엄마들에게 다 맞춰 주려고 노력한다. 젊은 엄마들을 만날 때마다 언제나 밥을 산다. 무슨 빵 셔틀도 아니고 왜 저러는지 이해할 수 없다.

"엄마는 왜 맨날 밥 사요?"

나는 언짢은 목소리로 물었다.

"얘 좀 봐, 맨날 사는 거 아니야. 종종 사는 거지. 회비가 있어서 그걸로 내. 그래도 가끔은 엄마가 나이가 제일 많으니까 사 주고 그러는 거지. 우리나라에서는 나이 많은 사람이 아랫사람 밥 사 주고 그러는 거야."

"그것도 한두 번이죠. 빵 셔틀도 아니고 밥 셔틀인가 뭐. 왜 엄마만 밥을 사요?"

나는 여전히 볼멘소리로 말했다.

"늙은 사람일수록 지갑은 열고 입은 닫으라는 말도 있어. 똑똑한 엄마들이 학원 정보도 알려 주고 진학 상담 정보도 주고 그런다고. 그리고 그보다 사람들이 좋아서 함께 만나면 엄마가 너무 신나고 행복해. 그렇게 좋은 사람들이 옆에 있는데 돈좀 쓰는 게 별 거니."

엄마는 여전히 웃으면서 말했다.

"엄마가 그렇게 안 해도 난 공부 잘 할 수 있고 내 할 일 다 잘 알아서 한다고요. 그러니까 학교도 좀 가지 말고 선생님한테 막 잘 부탁한다고 구십 도로 고개 숙이지도 말고요! 너무 부담스럽다고요. 내가 무슨 바본가 뭐."

나도 모르게 목소리가 커졌다. 그동안 쌓였던 불만들이 내 마음속에서 곪아 터져 버린 것 같았다.

엄마는 녹색어머니회에서도 가장 활발하게 활동했다. 남들이 싫어하는 것도 도맡아서 했다. 교통 안전을 위해 아침마다 건널목을 지켰다. 얌체 같은 아줌마가 오늘은 몸이 아파서 혹은 바빠서 못한다고 할 때도 곧이곧대로 믿고 군말 않고 대신 나가 주었다. 내가 저학년일 땐 학교에 왔다가 교실이 지저분해져 있으면 자진해서 휴지를 부지런히 주워 청소도 해 주었다. 크리스마스가 되면 학원 선생님과 심지어 학원 차 운전기사 아저씨한테도 작은 선물을 꼭 챙겨 줬다. 메모지에 '항상 고맙습니다.'란 손글씨도 써서 말이다. 엄마는 스스로 봉이 되겠다고 작정을 한 것처럼 굴었다. 그러면서 언제나 나이가 많아서 베풀어야 한다고 말한다. 나는 그게 너무 싫다. 엄마가 나이가 많다는 것도 엄마가 스스로 늙은이라고 말하면서 다른 사람에게 쩔쩔매는 것도 이해할 수 없었다.

"안나도 사춘기 왔다는데, 우리 아들도 사춘기 온 거야?"

엄마가 어쩔 줄 몰라 하며 조심스럽게 물었다.

"사춘기 아니라고요! 어른들은 애들이 무슨 화만 내면 사춘기래! 난 그냥 엄마가 그러지 좀 않았으면 좋겠다고요."

"엄마가 너를 늦게 낳아서 주변에……."

"그러니까 좀 일찍 좀 낳던가, 왜 그렇게 늦게 낳아서 절 놀림 받게 하냐고요!"

나도 모르게 감춰 두고 싶었던 속마음이 나와 버렸다.

엄마가 내 옆으로 다급하게 다가와 앉았다.

"누가 널 놀리니? 엄마가 늙었다고?"

엄마는 놀란 눈으로 물었다.

"아니에요, 아주 아주 오래전 일이에요. 저학년 때요. 지금은 그런 친구 없어요. 내가 그런 놈 있었으면 가만뒀겠어요?"

나는 아차 했지만 말하고 나니 속이 시원하기도 했다.

"그러니까 일찍 좀 결혼하지 그랬어요."

나는 툴툴거리며 말했다.

"사랑이 마음대로 되니?"

엄마 말에 내 마음이 쿵하고 울렸다.

그래 사랑이 마음대로 될 리가 없다. 안나를 좋아하지만 안나는 내가 좋아한다는 사실도 알지 못하니까 말이다.

"엄마가 아빠를 알게 된 건 서른다섯 살이었어. 엄마는 그때 회사 과장으로 있었고 아빠는 박사과정 마치고 강사 생활할 때였어. 엄마 친구 남편이 소개해 줘서 만났어. 그전에는 엄마는 일에만 빠져 살아서 결혼할 생각도 안 했어. 아빠도 연구하고 논문 쓰느라고 바빠서 사람도 제대로 만나지 못했대. 소개해 주는 분이 그냥 한번 만나보라고 하니까 좋은 사람 알아 두면 좋겠다 싶어서 만난 거야. 광화문에 있는 대형 서점에서 만나기로 했지. 엄마가 먼저 도착해서 인문학 코너에 있었는데 아빠가 그쪽으로 걸어오는 거야. 엄마는 아빠를 보자마자 활짝 웃었어."

엄마는 말하는 내내 기분 좋은 웃음을 지으며 말했다.

"처음 보는 사람한테 잘 알지도 못하면서 왜 웃었어요?"

"눈매가 선한 사람이 걸어 들어오는데 아, 저 사람이구나. 내 짝이 지금 걸어오고 있구나. 엄마도 모르게 그런 생각이 들더

라. 그런 건 말로 설명하기 힘들어. 누기 알려 주어시 일게 되는 것도 아니고. 그냥 그런 느낌이 왔어. 지금도 그날이 잊히지 않네. 엄마가 평생 살면서 그런 느낌을 받은 남자는 아빠가 처음이었어. 그래서 결혼도 사귄 지 석 달 만에 했어. 엄마 친구 중에 나이에 떠밀려 사랑 없이 결혼한 친구도 있어. 그런데 엄마는 그런 식으로 결혼한다는 건 도저히 받아들이기 힘들더라. 엄마가 늦게 결혼한 건 정말 사랑하는 사람이 늦게 나타나서였어."

"그럼 아기라도 좀 일찍 낳지 왜 그렇게 늦게 낳았어요?"

나는 또다시 입을 삐죽거리며 물었다.

"네가 너무 늦게 엄마한테 와서 그랬어. 아무리 기다려도 오지 않아서 엄마가 얼마나 힘들었는데. 이런 지각 대장 같은 놈아!"

엄마는 내 뺨을 살짝 꼬집으며 말했다.

그리곤 일어나서 안방으로 들어가 커다란 종이 상자를 갖고 왔다. 그곳엔 엄마가 쓴 육아 일기가 가득했다. 첫 페이지에 내가 태어나자마자 찍은 사진이 붙어 있었다. 엄마의 육아 일기는 여러 권이었다. 엄마는 그중에서 몇 개를 꺼내 읽어 주었다. 그 일기장에는 그림도 많았는데 내가 신생아 때 목에 힘을 주고 고개를 들었을 때, 뒤집기 했을 때, 걸음마를 했을 때의 나를 엄마는 직접 그림으로 기록했다. 나는 엄마가 그림을 이렇게나 잘 그리는 사람인 줄 처음 알았다. 엄마가 달라 보였다.

그렇게 엄마의 육아 일기에 빠져 읽고 있을 때 아빠가 들어왔다.

"여보, 저 왔습니다!"

아빠의 목소리를 듣자마자 엄마는 아빠에게 달려가 안아 주었다.

"오늘도 수고 많았어요."

엄마의 말에 아빠도 싱긋거리며 엄마를 꼭 안아 주었다. 엄마와 아빠는 닭살 커플이다. 너무 사이가 좋아서 내가 오징어처럼 오그라들 것 같은 날들이 많다.

"요섭이는 인사 안 하니?"

아빠가 날 보며 말했다.

"둘이서만 맨날 찐하게 인사하니까 그렇죠. 저한테 인사할

기회를 안 주잖아요. 아빠는 항상 엄마만 챙기고 저는 없는 사람 취급하시잖아요."

나는 입술을 삐죽거리며 삐진 척 대꾸했다. 하지만 그 역시 사실을 말했을 뿐이다. 내 말에 엄마와 아빠가 서로의 얼굴을 보며 막 웃었다.

나는 엄마의 일기 상자를 갖고 방으로 들어갔다. 생각보다 재미있었다. 그리고 어릴 적 내 모습을 엄마의 글과 그림으로 읽는 것이 즐거웠다. 엄마의 글은 생각보다 훨씬 좋았다. 마치 재미난 동화책을 읽는 것 같았다. 엄마에게 이런 재능이 있으리라곤 상상도 못했다. 내가 알고 있던 엄마가 아닌 것 같았다.

한 권을 다 읽고 이번엔 어떤 걸 읽을까 고르다가 육아 일기를 쓴 분홍색과 노란색 다이어리와는 달리 낡고 해진 검은색 일기장 하나가 눈에 띄어 그걸 골랐다. 나는 그 일기장을 집어서 아무 곳이나 펼쳤다.

3월 27일

남편과 함께 부부 동반 모임에 갔다. 여자들은 모두 자식 얘기

를 했다. 나는 그들의 대화에 낄 수 없었다. 아이 학교 얘기를 하고 아이 성격을 얘기하고 심지어 아이 학원 선생님의 얘기로 이어져갔다. 내가 알지 못하는 아이 있는 집안의 이야기들이었다. 나는 그들의 이야기를 그저 묵묵히 듣고만 있었다.

그런데 남편 동료인 부인이 느닷없이 내게 관심을 가졌다. 그 여자는 나를 향해 "왜 아이를 안 가져요?"라고 물었다. 나는 안 가진 것이 아닌데……. 나는 솔직히 대답했다. "낳고 싶은데 아이가 잘 안 생기네요." 나는 수줍은 듯 웃어 주었다.

그런데 그때부터 자식이 있는 엄마들은 내 앞에서 아무렇지도 않게 말했다. "아이고, 걱정 마요. 애 생기는 것처럼 쉬운 일도 없어. 우리는 더 생길까 봐 걱정인데." 하며 서로 웃었다. 농담이었지만 난 웃을 수 없었다. 아이를 가지고 싶어도 갖지 못하는 사람 앞에서 어떻게 저렇게 무례한 농담을 할까 싶어 몹시 속이 상했다.

"입양하면 어때요? 요즘 젊은 사람들 입양도 잘하던데.", "애 낳아 봐요, 그게 더 고생이죠. 그냥 아이 없이 사는 것도 좋아요.", "무슨 소리야, 애는 꼭 있어야 해. 남편이랑 이어 주는 끈이 있어야지. 안 그러면 이혼도 쉬워."

지금껏 내게 관심도 없던 사람들이 갑자기 내게 몰려들어 말한다. 그들의 말이 비수가 되어 내 몸 곳곳을 찔렀다.

5월 13일

아이를 안고 가는 사람들에게 나도 모르게 눈이 간다. 예쁜 아기가 나를 향해 방긋 웃으면 나는 왜 눈물이 나는지…….

7월 10일

친정엄마가 또 보약을 지어 주셨다. 먹지도 않고 냉동실에 처박아 둔 것도 있는데. 몰래 보약을 버리는 일도 지긋지긋하다. 남

편을 보며 절절매는 엄마의 모습도 보기가 안쓰럽다. 나 때문에
엄마마저 죄인이 되어 버렸다.

10월 17일

불임 클리닉을 이제는 다니고 싶지 않다. 여기에 더 다녔다가
는 곧 정신병원으로 갈 것 같다. 그곳에 모인 사람들은 모두가 왜
나는 아이를 못 낳을까라는 말만 해댄다. 대책도 없는 그 말. 하
지만 한심스럽게도 나도 그렇게 하고 있다. 나는 내가 원하는 인
생의 목표들을 모두 이루었다. 원하는 대학에 갔고 원하는 기업

에 취업했고 원하는 직위도 얻었다. 하지만 아이를 못 낳는다는 이유 하나로 그 모든 즐거웠던 추억들도 의미가 없어졌다. 나는 그냥 아이 못 낳는 사람이 되었다.

11월 22일

남편과의 다툼이 갈수록 늘었다. 아니 다툼이라기 보다 일방적인 나의 짜증이다. 나는 작은 일에도 화를 냈다. 아이가 생기지 않는 것이 스트레스 때문인 것 같아 일을 그만두었다. 일을 그만두고 내가 하는 일은 종일 남편을 기다리는 일이다. 나는 남편이 조금이라도 늦게 들어오면 화가 난다. 만삭의 임산부들을 보면 나도 모르게 외면하게 된다. 내게 아기가 없다는 걸 자꾸 생각나게 하니까. 이제 자식 있는 친구들을 피하고 만나지 않게 되었다. 나는 이제 예전의 나로 돌아갈 수 없을 것만 같다.

12월 22일

인공수정을 위해 고용량 과배란 주사를 맞았다. 자꾸 실패해서 용량을 올려 많은 주사를 맞았다. 너무 고통스러워서 병원에 다

녀온 후 맥을 못 추고 누워만 있었다. 배는 더부룩하고 허리가 끊어질 듯 아팠다. 밤에 잠들지 못할 지경이었다. 나는 남편이 깰까 봐 거실로 나와 소파에 누웠다. 너무 고통스러워 나도 모르게 눈물이 났다. 그렇게 누워 있다가 잠이 설핏 들었다. 그런데 잠결에 누군가 내 손을 잡는 게 느껴졌다. 남편이었다. 남편은 잠든 나의 손을 잡고 옆에서 소리를 죽여가며 울고 있었다. 입을 막고 울고 있었다. 도저히 잠든 척 할 수 없어 눈을 떴다. 남편이 내 얼굴을 감싸 안고 울먹이며 말했다.

"지혜야, 네가 아픈 건 이제 더 볼 수가 없다. 나는 너만 있으면 돼. 아무것도 필요 없어. 그러니까 우리 이제 포기하자."

3월 15일

임신일까?

아침에 혹시나 해서 임신 테스트를 해 보았는데 테스터기에 두 줄이 보였다. 나는 내 눈을 의심했다. 하지만 오류이지 않을까 싶어 다시 또 해보았다. 연속 세 번을 했는데 의심의 여지 없이 임신으로 나왔다. 나는 기뻐서 눈물이 났지만 남편에게 바로 말하

142

지 않았다. 내가 착각하고 있을지도 모르고 그 사실이 알려지면 갑자기 불운의 신이 내 말을 듣고 재를 뿌릴 수도 있으니까. 입 밖으로 내면 부정이 타서 아이가 사라질 것만 같았기 때문이다. 아니면 내 몸이 너무 임신을 원해서 상상 임신으로 이런 반응이 보일 수도 있기 때문이다. 나는 기대하지 않기 위해 애를 썼다.

3월 16일

"임신입니다."

나와 남편은 임신이라는 의사의 말에 어리둥절하며 서로 얼굴만 쳐다봤다. 그러다 잠시 후 우리는 부둥켜안고 펑펑 울었다. 남편은 "하나님, 감사합니다. 오! 하나님! 감사합니다."를 외쳐댔다. 남편의 반응이 너무 의외였다. 남편과 나는 무교였기 때문이다.

집에 돌아와서야 그 이유를 알게 되었다. 내가 불임으로 힘든 나날을 보내고 있을 때 남편은 퇴근길에 동네 성당을 자신도 모르게 찾게 되었다고 했다. 남편은 그곳에서 아이처럼 울면서 아내를 고통에서 벗어나게 해달라고 기도했다고 한다. 그 모습을 우연히 본 신부님이 남편을 통해 우리 부부의 사연을 알게 되었고 신부님은 남편에게 우리 부부의 결혼사진을 부탁했다. 그 날 이후 신부님은 일반 신도들에게 이 부부에게 아기 천사가 올 수 있게 기도를 부탁한다고 말했단다. 그 수줍음 많은 사람이 얼마나 간절하게 기도를 했기에 그런 일이 생겼는지 가슴이 먹먹해졌다. 신부님은 이 일을 계기로 주변의 난임 부부들에게도 사진을 받아 함께 기도를 해 주셨다고 한다. 또 신부님은 그 사진을 다른 신부님들 몇 분께 다시 보내 주었고 그분들은 따로 시간을 내어 난임 부부를 위해 청원 기도를 해 주셨다고 한다. 신자들

에게도 기도해 주십사 부탁했다고 한다. 나에게 축복 같은 아이가 생긴 것은 나만의 힘이 아니라 우리의 얼굴도 잘 모르는 사람들의 기도로 이루어 낸 기적 같아 고마움의 눈물을 흘렸다. "고맙고 고맙습니다."란 말이 나도 모르게 흘러나왔다. 나는 아이를 낳고 내 자식만이 아니라 이 땅의 소중한 생명을 지키고 가꾸어 나가는 일에 앞장서겠다고 다짐했다. 베풀고 또 베푸는 삶을 살아가겠다고 다짐했다.

11월 25일

아이를 낳은 지 이제 딱 일주일이 되었다.

산통이 있어 병원에 달려가자 의사는 환하게 웃으며 "이제 몇 시간만 지나면 엄마가 되실 겁니다."라고 말했다. 하지만 나는 실감이 나지 않았다. 힘든 시간을 견디고 아이가 태어나 내 품에 안겼을 때, 그때야 비로소 나는 내가 정말 엄마가 되었다는 것을 인정할 수 있었다. 꿈이 아니라서 얼마나 다행이었는지, 나는 혼자서 아이를 품에 안으며 "엉엉" 아이처럼 울었다.

12월 31일

아이를 꼭 안고 있으면 행복하면서도 슬퍼진다. 내가 나이가 너무 들어 아이와 함께 할 시간이 많지 않다는 사실이 너무 두렵다. 갑자기 내가 잘못된다면 우리 아이는 누가 지켜 줄까, 그런 생각을 하면 막막해진다. 겁이 난다. 겁이 나서 잠이 안 올 때도 있다. 나는 어째서 이렇게 마음이 강하지 못한지 나를 원망하게 된다. 아이가 태어난 후에도 나는 아이를 잘 지켜 주지 못할까 전전긍긍이다. 나는 주변 사람들에게 친절하게 대하려고 노력한다. 혹시 내가 잘못되어 버렸을 때 이웃들이라도 혹 우리 아이를 아는 사람들이 아이에게 사랑의 손길을 줄 수 있기를 간절히 바라는 마음 때문이다.

8월 21일

아이가 태어나니 내 관심사도 많이 바뀌었다. 내 아이에서 주변 아이들로, 이 땅의 아이에서 이 세상의 아이들에게까지 그 범위가 점점 넓어지고 있다. 이제는 미래 우리 아이들이 살아갈 지구 환경에도 관심이 많다. 이 땅에 살아가는 뭇 생명들이 모두 무탈하게 살아가길 빌게 된다. 나는 어느 날부터 화초들에게까지 말을 건네는 사람이 되었다. 이 모두가 우리 요섭이 덕분이다.

  엄마의 일기장 맨 뒤에는 장수의 비결이 줄줄이 적혀 있었다.

  아이와 오랜 시간 보내기 위한 나의 다짐
  건강하게 아이와 보내기 위해 노력하자! 하루에 한 시간씩 운동하기, 좋은 음식 먹기(보양 음식도 챙기기), 피부 관리하기!

  그 옆에서 머리띠를 두르고 파이팅을 외치는 엄마의 그림이 익살스럽게 그려져 있었다. 나는 엄마의 그림을 손가락으로 살며시 만졌다. 자꾸만 미안한 감정이 들어서 더 읽을 수가 없었다. 그리고 곧 엄마의 일기장을 내려놓았다.
  나에게도 출생의 비밀이 있었다니!

나의 탄생이 엄마와 아빠에게 기적 같은 일일 거라고는 상상도 못했다. 엄마의 사랑이 이렇게 클 줄도 몰랐다. 그저 엄마아들로 태어났다는 이유 하나로 나를 무조건 사랑해 줬다. 그런데 나는 어렸을 때 친구들이 한 몇 마디 말에 상처받고 너무오래도록 엄마를 부끄러워했다. 어느 순간부터는 나도 걔들처럼 엄마를 봤다. 그냥 나이가 많다는 이유만으로 엄마를 창피하게 여겼던 거다. 갑자기 너무 미안해지기 시작했다. 엄마는나를 누구와 비교해서 곤란하게 만든 적이 없는데 나는 다른엄마와 비교까지 해가며 부끄럽게 여겼다.

나는 엄마가 이상한 보양식을 먹는 모습을 보고 인상 쓰고엄마는 엄마 몸만 굉장히 많이 챙기는 사람이라고 생각했다. 우스꽝스럽게 춤을 추는 것도 누가 볼까 창피했는데 그게 다나와 함께 하는 시간을 늘리기 위한 엄마의 간절한 노력이었다니, 나는 갑자기 나 자신이 부끄러워졌다.

나는 누구보다 엄마를 잘 안다고 생각했는데 나는 엄마를전혀 알지 못하고 있었다. 나는 아무래도 엄마를 사랑하지 않고 있었던 것 같다. 안나를 좋아하면서 안나가 하는 행동의 의미가 뭔지 알려고 노력하고 신경도 많이 썼는데 엄마한테는 그런 노력을 단 한 번도 하지 않았으니까 말이다. 엄마와 나는 가족이니까 그래서 매일 봐서 엄마를 다 안다고 착각하고 있었다. 나는 너무나 속상해서 눈물이 찔끔 났다. 나는 엄마를 오해만 했다.

나는 엄마의 일기장을 하나하나 소중하게 안아 주었다. 특히 검은색 일기장을 가장 오래 안아 주었다. 아이를 갖지 못해 고통받던 엄마의 아픔을 위로해 주고 싶었다. 일기장 속에는 여전히 아픈 엄마가 존재했으니까. 그리고 방을 나가 여전히 옷을 고르고 있는 엄마를 향해 다가갔다.

"왜? 뭐 필요한 거 있어?"

나는 고개를 젓고 처음으로 엄마에게 먼저 다가가 꼭 안아 주었다.

"뭐야, 요섭아? 무슨 일이야?"

엄마가 옷을 뚝 떨어뜨리며 물었다.

"사춘기, 사춘기 때문이에요. 이랬다가 저랬다가 하는 게 다 사춘기 때문인가 봐요."

나는 눈물을 보이기 싫어 엄마 품에 머리를 푹 묻었다.

"어머, 얘, 엄마는 갱년기는 잘 극복했다만 사춘기는 또 어떻게 극복해야 하니? 사춘기 때도 호르몬이 문제인 거지? 엄마가 오늘부터 사춘기 극복 방안을 좀 알아봐야겠다."

아, 우리 엄마는 자나 깨나 걱정 또 걱정이다.

"아니요, 그럴 필요 없어요. 그냥 이렇게, 이렇게 안고 있으면 다 치료되는 거예요."

내 말을 들은 엄마가 두 눈을 커다랗게 떴다.

"진짜?"

내 말이 끝나기가 무섭게 엄마는 두 팔로 나를 힘껏 안아 주었다. 엄마의 힘은 굉장했다. 숨쉬기가 곤란할 정도로. 그동안 엄마가 투자한 보약과 운동의 힘이 장난 아니었다.

한별이랑 요섭이는 휴대폰으로 게임 중이었고 안나는 한참 공상에 빠져 있을 때였다. 늘 노란색 학원 버스가 멈추던 그곳에 새까만 벤츠가 다가오고 있었다. 안나가 제일 먼저 반응하며 벌떡 일어났다.

"벤츠다! 내가 기다리고 기다렸던 벤츠야! 완전 급이 다른 벤츠인데."

안나가 소리치자 요섭이와 한별이도 검은색 벤츠 차량을 주의 깊게 보았다.

잠시 후, 벤츠가 멈추고 자동차 문이 열렸다.

“뭐지, 한별아, 내가 꿈꾸던 출생의 비밀이 지금 이뤄지려나 봐. 생각보다 더 빠른데!”

안나는 호들갑스럽게 한별이의 등을 손으로 때리며 방방 뛰었다. 옆에 있던 요섭이가 얼굴을 찡그렸다. 문이 열리고 그곳에서 선글라스를 쓴 멋진 중년 아저씨라고 보기엔 조금 더 나이가 들어 보이고 할아버지라고 보기엔 좀 젊은 한마디로 나이가 애매한 아저씨가 나타났다. 그런데 그 애매한 아저씨가 셋을 향해 큰 걸음으로 다가가고 있었다.

안나는 가슴이 두근거렸다.

이건 안나가 늘 꿈꾸던 상황과 너무 비슷했기 때문이다. 안나는 다가오는 아저씨의 첫 마디를 기다리고 기다렸다. 안나는 아저씨의 입을 내내 바라보았다. 첫 마디가 중요했기 때문이다.

‘공주님! 하고 말해야 하는데!’

안나는 그 한마디를 기대하며 눈을 반짝였다.

“혹시 이 학교 육 학년에 다니는 한별이라고…….”

애매한 아저씨가 말을 하다 말았다. 놀란 듯 제자리에 우뚝서 있기만 했다. 그리고 시선이 한 아이에게 고정되었다. 한별이었다.

"제가 한별이인데요."

한별이가 애매한 아저씨에게 조심스럽게 말했다.

그러자 애매한 아저씨가 선글라스를 벗었다.

"우와!"

이번엔 안나와 요섭이가 놀라서 소리를 질렀다.

한별이 얼굴에 나이 든 분장을 하면 딱 지금 앞에 있는 애매한 아저씨의 얼굴과 똑같았기 때문이다.

"네 얼굴에 우리 아들 준석이가 보이는구나. 미안하다, 너무 늦게 알아서 정말 미안하다! 내가 네 할아버지란다. 늦게 찾아온 이 할아버지를 용서해다오."

한별이가 어리둥절하여 어쩔 줄 모르고 있는 사이에 애매한 아저씨가 큰 걸음으로 다가와 눈물을 글썽거리며 한별이를 덥석 안았다. 그리고 한별이를 부둥켜안자마자 눈물을 흘렸다. 한별이는 할아버지를 안지도 그렇다고 떨쳐 내지도 못하고 어정쩡한 모습으로 안나와 요섭이를 번갈아 봤다.

'드라마의 해피엔딩 장면 같아! 진짜 대박이다!'

안나는 자신도 모르게 입 밖으로 소리가 나갈까 봐 손으로 입을 막았다. 요섭이와 안나는 넋을 놓고 둘의 모습을 지켜보았다. 안나는 한별이가 할아버지를 만나게 되어 다행이라 생각했다. 한별이를 걱정해 주고 사랑해 줄 사람이 한별이 엄마밖에 없었는데 이제 한별이를 사랑해 줄 사람이 더 늘어난 거니까.

할아버지 품에 안겨 있는 한별이가 힐끔거리며 둘을 번갈아 봤다. 안나와 요섭이가 양손으로 엄지척을 해 주었다. 한별이가 어색한 웃음으로 그들을 향해 살짝 웃었다.